Les îles Canaries
de Claudia Larochelle
est le mille trente-cinquième ouvrage
publié chez
VLB ÉDITEUR.

Direction littéraire : Martin Bélanger
Révision linguistique : Raymond Bock
Design de la couverture : David Drummond, www.salamanderhill.com
Photo de l'auteure : Mathieu Rivard

Catalogage avant publication de Bibliothèque et Archives nationales du
Québec et de Bibliothèque et Archives Canada
Larochelle, Claudia, 1978–
    Les îles Canaries
    (Vol 459)
    ISBN 978-2-89649-490-3
    I. Titre.
PS8623.A761I43 2014   C843'.6   C2014-941697-0
PS9623.A761I43 2014

VLB ÉDITEUR
Groupe Ville-Marie Littérature inc.*
Une société de Québecor Média
1010, rue de La Gauchetière Est
Montréal (Québec) H2L 2N5
Tél. : 514 523-7993, poste 4201
Téléc. : 514 282-7530
Courriel : vml@groupevml.com
Vice-président à l'édition : Martin Balthazar

DISTRIBUTEUR :
Les Messageries ADP inc.*
2315, rue de la Province
Longueuil (Québec) J4G 1G4
Tél. : 450 640-1234
Téléc. : 450 674-6237
* filiale du Groupe Sogides inc.,
  filiale de Québecor Média inc.

VLB éditeur bénéficie du soutien de la Société de développement des entreprises culturelles du Québec (SODEC) pour son programme d'édition.
Gouvernement du Québec – Programme de crédit d'impôt pour l'édition
de livres – Gestion SODEC.
Nous reconnaissons l'aide financière du gouvernement du Canada par
l'entremise du Fonds du livre du Canada pour nos activités d'édition.
Nous remercions le Conseil des arts du Canada de l'aide accordée à notre
programme de publication.

Dépôt légal : 3e trimestre 2014
© VLB éditeur, 2014
Tous droits réservés pour tous pays
www.editionsvlb.com

LES ÎLES CANARIES

Claudia Larochelle

LES ÎLES CANARIES

Vol 459

Roman

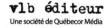
vlb éditeur
Une société de Québecor Média

À Francis et à Ophélie.

« La mort n'atteint pas seulement celui qui doit fermer les yeux à jamais mais aussi les autres, tous les autres qui recevront l'horreur et l'absence en partage. »
MARIE-CLAIRE BLAIS

« Les vivants ne peuvent rien apprendre aux morts ; les morts, au contraire, instruisent les vivants. »
CHATEAUBRIAND

« Le vertige nous prend par la taille et nous renverse
nous tournons autour des tiges
pendant que nos mains tissent les minces fils de l'espoir
qui nous retiendront à la vie

lianes lianes d'espoir lianes
léger fil d'Ariane »
ROLAND GIGUÈRE

Jean-Pierre Gagné

Être barman, c'est respirer le cou des femmes sans passer pour un chenapan. J'en ai senti des flamboyantes qui se parfument avec des notes épicées pour accentuer leur présence, des amoureuses éconduites qui cherchent à se consoler en appliquant des poudres scintillantes, d'autres qui camouflent un manque d'hygiène sous des effluves fruités rappelant les eaux de Cologne bon marché des adolescentes.

L'odeur la plus sensuelle qu'il m'ait été donné de humer était celle de Louisa Vanier. Et la dernière fois qu'elle s'est avancée vers le bar au sortir d'un vol, le mélange des notes de jasmin et de vanille me semblait encore plus prononcé qu'à l'habitude.

Son air était exaspéré, las plus précisément, les quelques mèches échappées de sa chevelure relevée en chignon étaient collées à sa nuque légèrement humide malgré la climatisation trop forte de l'aéroport. Un peu de mascara semblait avoir coulé de son œil droit, laissant un sillon sombre sur la peau de son visage, tranchant avec sa blancheur habituelle.

C'est d'abord cette image de l'agente de bord qui m'est revenue en mémoire en apprenant l'écrasement du vol 459. Le genre de nouvelle qu'on sent approcher sans pouvoir en exprimer la sensation avec des mots. Ce que je peux désormais en dire au lendemain du drame, c'est que c'est survenu comme un tsunami : il y a eu ce murmure ambiant semblant venir de loin comme une vague ; un bruit qui est devenu plus pesant à mesure qu'il approchait de moi, le son de la tragédie sur le point de franchir un seuil pour atteindre sa cible. J'ai alors senti que quelque chose ne suivait pas l'ordre établi, qu'un détail dans le tableau du quotidien dérapait. Les couleurs ressortaient avec une violence inhabituelle : le beige des murs jamais nettoyés, le bleu des yeux d'une collègue, le noir du comptoir à préparation des boissons, le rouge du sac d'un voyageur… Un mal de cœur m'a gagné. J'aurais aimé m'enfuir, mais une force subtile m'a sommé de tendre l'oreille pour sonder l'étrangeté de la situation. J'ai alors pensé qu'il fallait être aux aguets dans pareil événement, ne serait-ce que pour raconter plus tard comment on avait été aux premières loges de ce dont tout le monde parlerait.

L'écho de la vague s'était rapproché de plus en plus, les visages avaient tourbillonné autour de mon bar. C'est ainsi que j'ai su que la tragédie était sur le point de me happer, que j'allais mourir un peu ici derrière le comptoir de granit ; victime collatérale qui sert des cocktails au bar Le Métropole de l'aéroport de Montréal. C'est dans des habits kaki d'agent de sécurité que la vague a déferlé sur mon espace de travail routinier.

— Jipi ? Jipi ?

— ...

— Jipi, ça va ?

— ...

— Écoute, Jipi, c'est le bordel ici, tu es livide, prends une pause, sers-toi un gin, fais quelque chose, tu m'fais peur. Tu me comprends, fallait que je vienne t'apprendre ça.

— Non, c'est juste que... OK. Ça va aller, je vais finir mon quart de travail et rentrer prendre une douche.

Faussement rassurée, l'agente de sécurité Linda Gaudette m'avait tourné le dos, emportant son air tragique et sa nouvelle à chuchoter aux oreilles des autres employés au sol. Je ne pourrai jamais oublier le timbre de la voix de cette femme penchée sur moi, la main sur mon épaule. Peut-être qu'elle avait voulu s'assurer que je ne parte pas en courant. Jusqu'à nouvel ordre, on m'obligeait à afficher une mine confiante pour ne pas soulever l'inquiétude de la clientèle. Mais ma gestuelle de barman, la façon de passer ma main dans mes cheveux, tout, m'avait-il semblé, parlait de mort. Peut-être même que ça s'était mis à sentir. Elle répand vite des odeurs qui s'incrustent.

J'avais tenté de me concentrer sur mes commandes, de feindre ma légèreté habituelle, d'essuyer mon comptoir, de me souvenir comment faire un Sweet Banana Dry à l'adolescente grassouillette à qui je ne demanderais même pas ses cartes. Pas aujourd'hui. Il n'y avait plus d'arachides dans l'armoire. J'avais rempli des bols d'olives noires, les avais déposés sur les tables et fait payer un couple trop bronzé tout en mettant leur maigre pourboire sous la caisse. Bientôt, ils sauraient. Avec une brève pensée pour les victimes, cet homme et cette femme se diraient que ça aurait pu être eux. Ce soir, ils feraient l'amour avec moins de désinvolture.

À voir les gouttes de sueur perler sur le crâne de certains employés, leurs yeux exorbités, ces faux sourires adressés à une clientèle encore légère dans l'attente d'un proche qui les retrouverait ou d'un avion à prendre, j'avais compris qu'un spectacle se préparait. Sauf que là, pas de costumes, pas de perruques, pas d'acteurs payés pour afficher des mines traumatisées. Le rideau ne tomberait jamais sur le drame du vol 459 en provenance de Paris, dont les roues ne toucheraient pas l'asphalte chaud de cette fin juin.

J'ai prié de toutes mes forces pour que, *in extremis*, Louisa Vanier n'ait pas pris ce vol.

Elle avait échoué à mon bar au débarquement de son premier vol. De jolies agentes de bord, j'en avais vu, mais jamais comme Louisa Vanier, qui n'affichait pas l'air hautain de certaines venues siroter un gin-tonic en attendant que quelqu'un se pointe, un compliment au bord des lèvres. Celles-là ne m'adressaient la parole que pour commander et payer, parfois sèchement, sans même me regarder. Certaines feuilletaient les pages d'un magazine féminin, mais la plupart se concentraient sur leur téléphone cellulaire, des objets devenus tellement sophistiqués qu'ils semblaient aspirer l'âme de ces filles aux regards de zombies. Quelques gars de leur profession venaient aussi, des homosexuels pour la plupart. Je ne les remarquais pas.

J'avoue que le fantasme de l'agente de bord me tenaille encore, même après autant d'années de service à leurs côtés : la manière qu'elles ont de s'attacher les cheveux et, surtout, de les détacher machinalement après un vol. Elles sentent bon, se maquillent légèrement pour la plupart, avec un soupçon de fard rose sur les pommettes pour qu'elles soient saillantes et juste assez de rouge sur les lèvres pour les rendre attrayantes.

J'avais beau rêver la nuit d'emmener une de ces femmes dans mon lit, jamais je n'y suis parvenu. J'ai un visage plus banal que séduisant. Avec les ravages de crises d'acné mal soignées à l'adolescence, j'ai développé un complexe d'infériorité m'empêchant de monter sur une scène ou de me regarder à l'écran ou sur une photo. Je préfère devenir la star derrière mon bar, où je me sens protégé, en confiance, précieux à ma façon, juste avec assez de charisme pour attirer quelques confidences de voyageurs ou d'employés d'aéroport venus faire le vide un moment. Personne pour me draguer ou pour me casser la gueule, juste des gens qui me confondent avec les murs, ou d'autres qui ont besoin de jaser. Je n'ai jamais d'embrouille. Je dors chaque nuit sur mes deux oreilles d'homme sans histoire, presque encore puceau, je dis bien « presque » parce qu'il m'arrive de faire appel à des escortes. Juste avant de jouir, c'est le visage de certaines agentes de bord que je vois. Même les peu avenantes.

Mais pas celui de Louisa. Avec elle, c'était autre chose. Bien que je puisse admettre n'avoir jamais connu quelqu'un d'aussi attirant, elle me semblait d'une vulnérabilité irrémédiable. À la place de son cœur devait se trouver un précipice sans fond, aux parois fragiles et sans adhérence. Rien pour panser cette faille béante qu'elle semblait traîner dans un parcours de douleurs, de plus en plus difficile à camoufler sous ses tailleurs bleus. Je l'aurais bercée comme un de mes enfants jamais nés.

Elle rentrait dans le rang avec un pied tendu vers le vide, prête à accélérer la cadence un jour ou l'autre, sans appuyer sur un bouton d'alarme pour être bien sûre de ne jamais être récupérée. Le ciel, le feu de l'explosion, l'eau… Belle descente dans les abîmes de ce monde pour celle qui aurait voulu ne laisser de traces nulle part. Ce que je paierais pour que Louisa apparaisse à l'instant au bar, l'air fatigué, silencieuse jusqu'à la deuxième gorgée des grands verres de gin-tonic bien fort qu'elle s'enfilait avant de prendre le taxi jusque chez elle. Elle ne viendra plus. Je le sais.

Une fois sa langue déliée, elle me racontait ses vols, les ragots du personnel de bord et tout le reste de son univers, et j'écoutais, abandonné aux inflexions de sa voix, soumis à ses propres lois. Je crois que si j'avais imposé mon rythme, elle se serait contentée de boire sans jamais plus m'adresser un mot. Quand elle marquait des pauses plus longues, je me risquais à quelques remarques ou encouragements, heureux de la voir considérer mes observations. Je me demande même si elle savait mon prénom. Pour Louisa Vanier, je n'étais pas monsieur Gagné, ni Jean-Pierre, ni Jipi, j'étais un vieux récif oublié sur lequel elle se fossilisait au fil des semaines. Je venais de nulle part, j'appartenais à ses secrets, j'étais intemporel et sans ossature, comme un mollusque accroché à sa chair, la bouche cousue, la langue collée au palais parce que ce que j'avais à raconter importait peu, à moins que ça ne concerne sa destinée à elle. Je crains que mes mots se soient dilapidés dans le médiocre système de ventilation de cet aéroport, qu'elle n'ait rien enregistré véritablement. Des mots sans adhérence. Était-ce tout ce dont j'étais capable avec les femmes ?

Au sommet de mon cynisme, elle m'avait convaincu du contraire en apparaissant un soir à mon bar avec une enveloppe brune qu'elle m'avait demandé de remettre à son aînée, Adèle, une adolescente renfermée aperçue quelques années plus tôt alors qu'elle accompagnait sa mère venue me saluer avant ses vacances estivales. Quant au fiston de Louisa, qui n'était pas encore né lors de cette visite, je ne l'avais vu qu'en photographie ; un bambin aux joues rondes, tout blond, blond quasiment blanc, avec des yeux bleus ; des caractéristiques physiques qui tranchaient avec celles du papa, son mari italien racé.

Je tremblais à l'idée de devoir un jour remettre l'enveloppe à sa jeune destinataire. « Au cas où il m'arriverait quelque chose. Sait-on jamais par les temps qui courent et avec toutes ces menaces d'attentats… », avait-elle murmuré, après m'avoir fait promettre de la ranger à l'abri chez moi. J'étais fiable. Inconnu des siens, une source silencieuse qui arriverait avec la pièce manquante d'un casse-tête. Ça n'arrive que dans les films. Pour combattre le léger malaise qui avait suivi, Louisa s'était empressée de changer de sujet, me demandant des nouvelles d'un autre habitué du bar avec lequel elle échangeait parfois.

Je n'avais jamais cherché à découvrir le contenu de l'enveloppe cachetée, me contentant de rester fiable et discret. Peut-être s'agissait-il d'une clé pour aller la rejoindre dans un endroit secret en cas d'exil. Je crois que sa propre vie l'avait fatiguée, et qu'à l'aube de la quarantaine, elle se serait volontiers laissée choir sur une plage pour l'éternité.

Loin de tout, à l'abri des autres, de leur souffle trop froid pour sa peau.

Elle rêvait de s'acheter une cabane perdue quelque part sur une île. Ça la titillait depuis quelques années, mais ses obligations l'en empêchaient. J'ai lu quelque part qu'on pouvait développer une allergie à un autre être humain, que ça apparaissait soudain et envenimait silencieusement l'existence, qu'il fallait s'éloigner de la source allergène. Des couples amoureux s'étaient séparés pour cette raison-là après s'être grattés jusqu'au sang, après s'être rendus malades jusqu'à ce que ça comprime leur respiration. Louisa ne supportait plus les autres.

Ses deux enfants, elle les aurait dévorés comme une lapine ses lapereaux tant elle étouffait sous les contraintes et la culpabilité. La culpabilité, ça ne vous lâche plus quand vous devenez mère. « Toi, tu ne sauras jamais ce que c'est que de sentir que tous tes vices, tu les porteras jusque dans ta tombe comme autant d'entailles faites sur la chair de tes petits, m'avait-elle dit un jour. Et même dans tes moments de lucidité, où tu te dis que ça y est, tu te reprends, il y a toujours un être qui se croit parfait pour te rappeler que tu pars de loin. »

L'aigreur n'avait pas encore déformé son visage. Les commissures de ses lèvres ne pointaient pas encore vers le bas comme celles d'Agathe et de Lison, mes tantes qui se savaient trompées par leur mari, frustrées d'avoir élevé leur marmaille sans avoir pu trouver le temps de devenir celles qu'elles voulaient dans la vie.

Perdu quelque part entre le sourire disparu de Louisa et l'idée que je me faisais de son cadavre en proie aux soubresauts de l'Atlantique déchaîné, je n'avais pas remarqué ce client au fond du bar. Son visage semblait si livide et figé que je me suis demandé si nous n'avions pas un mort de plus sur les bras. En voyant ses yeux apparaître comme deux signes vitaux, j'ai reconnu l'homme. J'ai pensé lui servir le cocktail préféré de sa fille.

Julie-Anne Vanier

Toute la penderie de ma grande sœur pour moi seule. Ses pulls en cachemire, ses jupes ajustées, ses souliers chics qu'il faudrait rapetisser pour mes pieds à moi, ses chaussures de tennis qui la rendaient victorieuse, ses foulards de soie encore odorants de son parfum, sans parler des colliers et des boucles d'oreilles suspendus dans un coffret antique, son maquillage luxueux. L'idée de prendre possession d'une part de sa vie envolée m'a effleuré l'esprit un millième de seconde. Malgré moi. C'est mal. Mais plus jeune, c'est peut-être ainsi que j'aurais réagi à la perte de Louisa. Plus jeune, j'aurais pensé de manière égoïste et futile. Nous l'étions toutes les deux. Je me sens moins coupable d'imaginer que, pour elle aussi, mon décès dans l'enfance ou à l'adolescence aurait signifié le renflouement d'une penderie et l'acquisition d'objets.

Perdre l'autre et en être soulagée. Ça aussi, Louisa l'aurait ressenti à ma mort. Avec une enfant de moins autour de la table, les cris dans la maison au retour du travail de Lise Dugas-Vanier et de Robert Vanier se seraient estompés. Maman et papa ont eu peur de tout sauf d'eux-mêmes, sûrs d'être des références en matière d'éducation, sans se demander s'ils n'étaient pas pires poisons pour leurs filles qu'une sortie dans un bar à moins de dix-huit ans, qu'une nuit avec une amie fougueuse et intrépide, qu'une sortie sans supervision parentale dans un camping de la région.

Peut-être qu'après le décès en bas âge d'une de leurs filles, les pressions sur leur dos de perfectionnistes auraient disparu en même temps que leur babillage névrosé et incessant qui empoisonnait notre existence, cloîtrées entre quatre murs de chambre que nous tapissions d'affiches de Jim Morrison, de Cindy Lauper et de Madonna. Louisa et moi caressions la bosse bien galbée de l'entrejambe de Morrison, faisant glisser nos doigts sur le papier glacé, imaginant qu'on pouvait sentir le cuir chaud de ses pantalons, que ses yeux de star gelée ous fixaient, nous, nous implorant de l'accompagner dans les coulisses. Si nous avions pu passer à travers la photographie, nous perdre dans ses cheveux longs un peu sales et commettre l'inimaginable... Jim avec sa scie pour couper nos chaînes, Jim avec sa dope pour nous détendre, Jim avec sa queue pour qu'on puisse sourire béatement, devenir niaises, perdre le sens de ce qui est grave, nous laisser couler dans le long fleuve tranquille du quotidien. J'en rêve encore à trente-six ans, vieille fille incapable de m'unir à une autre âme, apeurée à l'idée de m'y noyer.

L'isolement façonne le romantisme, voire les perversions, et développe un excès d'imagination, si bien que nous, sœurs Vanier, avons grandi avec un cœur alourdi et des pétales de roses à la place des neurones. Ça donne des femmes qui veulent tout après des années de privation. Des femmes un peu tordues à l'imaginaire débordant, et peut-être, peut-être aussi, avec une propension à préférer la douleur au plaisir si mal jugé par nos parents dotés d'un accaparant esprit judéo-chrétien. Pour s'en sortir, assoiffée, affamée, avide de jouir et d'aimer, Louisa a choisi de partir à la première occasion pour le ciel sur les ailes d'une compagnie aérienne. Tout plutôt qu'étudier plus longtemps, que de devoir rester à la maison et compter sur l'argent de ses parents.

Louisa a bien réussi ses exils, d'abord ce premier, en devenant une employée des airs, ensuite
son second, celui dont elle ne reviendra pas. J'imagine qu'elle est partie avec un sourire au bord des
lèvres. Il m'est venu à penser que s'il m'arrivait de
déguerpir pour toujours, je partirais avec une aigreur
au fond de la bouche, empêtrée dans des colonnes
de chiffres au bureau, plissée de partout, desséchée, seule et malcommode. Épuisée aussi d'avoir
attendu que quelque chose se passe.

Ma sœur n'est plus là et, bien qu'atterrée, je me
sens plus vivante que jamais, prête à étendre sur
moi un peu de ce qu'elle a laissé pour briller plus,
pour me décoincer et prendre les rênes de notre
sororité, me rebâtir sur ses cendres. Excitée et démolie à la fois, je savoure l'idée que plus rien ne
sera pareil. Je crois que, où qu'elle soit, elle jouit de
la liberté dans un nouvel espace-temps, qu'elle
peut enfin devenir qui elle veut, faire ou pas d'autres
enfants, aimer l'homme de son choix, tout recommencer sans avoir à se justifier. J'imagine que son
paradis est Tenerife aux îles Canaries, là où les dauphins et les baleines s'approchent très près des embarcations, où les dragonniers et oiseaux du paradis
poussent à foison. Elle peut caresser l'inaccessible.

Il me semble que c'était hier que se sont ouvertes pour nous les valves de la liberté, à notre majorité. Nous en avons profité pour fuir et trouver un logis qui nous recueillerait avec nos manques à combler. Chacune dans notre studio puant le renfermé, nous avons rompu avec Morrison. En refermant derrière nous l'immense porte de la maison familiale, nous avons cru nous débarrasser des stupeurs du passé. Pour faire passer cette étrange culpabilité d'être des jeunes femmes tombées du nid, ma sœur a pensé qu'il fallait décoller du sol. Elle a commencé à voler d'une destination à une autre, fière de côtoyer la faune aérienne, de débarquer sur des terres inconnues, de s'imaginer y vivre.

Elle était aimée de tous. Les passagers les plus anxieux se sentaient sûrement en sécurité lorsqu'elle apparaissait dans l'allée près de leur siège avec du thé, un oreiller ou un Gravol. Son humour devait changer les idées, faire oublier l'altitude, le manque d'oxygène, les secousses ou les pleurs d'un enfant. On croyait en son sincère désir d'aider. Ceux qui avaient un jour volé avec elle se souvenaient peut-être de sa quiétude, de sa manière de vous faire croire unique et inoubliable alors qu'au fond, vous n'étiez qu'un passager parmi tant d'autres, un être de plus à respirer le même air malsain que les trois cent quelques autres.

Depuis la catastrophe, il y a deux, trois ou quatre jours, je ne sais même plus, je passe plusieurs

heures à feuilleter les albums de photos de la famille, m'arrêtant sur celles de Louisa à La Ronde,
blafarde en descendant de la grande roue, ou tout
sourire à sa première journée de maternelle, vêtue
d'un col roulé rayé bleu et blanc et d'une salopette
marron, les yeux rieurs, une main dans son abon-
dante chevelure bouclée, ou portant sa robe écar-
late de finissante, les yeux mi-clos surlignés d'un
trait noir, dans son lit à baldaquin de jeune fille, le
nez plongé dans une bande dessinée de Mafalda,
affichant déjà cette mine concentrée qu'elle pré-
senterait quand il serait plus tard question de la
santé défaillante de nos parents ou de l'isolement
d'Adèle, ma nièce qu'on ne peut voir que si on la
visite dans sa chambre d'adolescente, où elle se
cloître.

Je scrute ces portraits avec minutie, tentant de
me souvenir de ses paroles à ces instants capturés,
d'un signe trahissant peut-être les symptômes d'une
folie latente, de cette capacité, dont elle aurait déjà
pu témoigner enfant, à s'exiler sans regarder derrière elle et à changer de vie, coûte que coûte. Des
gens y parviennent. Certaines mères de famille ont
un jour laissé mari et enfants derrière elles pour
prendre le premier avion et fuir une vie dans laquelle elles se sentaient trop à l'étroit. L'étau avait
sans doute commencé à se refermer des années

plus tôt, la cadence s'était peut-être accélérée avec la venue de son deuxième enfant, jusqu'à ce que tout finisse par exploser avec l'avion qui lui assurait chaque mois la possibilité d'aller voir plus loin, de s'imaginer une vie ailleurs. Je chercherai jusqu'à ma mort une lettre écrite de sa main, un courriel, un signe prouvant qu'elle avait prévu le coup ; l'écrasement ou la fuite. Ça me donnera une raison pour la détester et ainsi apaiser ma peine.

Il faut continuer de sourire avec sobriété, afficher un faciès convenu pour l'occasion, répondre aux collègues de travail, aux voisins de jeunesse qui, alertés par les bulletins d'information, me questionnent, veulent savoir si son corps a été retrouvé, s'il y aura des obsèques. Des journalistes débarquent à tout moment, veulent voir l'effroi sur le visage de la sœur d'une des supposées victimes, espèrent mon témoignage, mes yeux larmoyants, veulent des photos de Louisa, qu'elle apparaisse au Québec en entier à l'heure des nouvelles dans ses atours de grande sœur disparue dans un mystérieux abîme, sorte de triangle des Bermudes situé à cinq cents kilomètres des côtes du Labrador.

Enfants, il nous arrivait de passer des heures plongées dans un des rares livres de la maison, une vieille encyclopédie aux pages déchirées ou tachées de cernes de tasses à café. Le chapitre consacré au

mystère de ce triangle du diable délimité par l'ar-
chipel des Bermudes, la côte est de la Floride et
l'île de Porto Rico nous fascinait. Toutes sortes de
spécialistes émettaient des hypothèses sur la disparition de bateaux et d'avions dans cette zone mau-
dite de quatre millions de kilomètres carrés. In-
fluence d'extraterrestres, de l'Atlantide, distorsion
électromagnétique, les auteurs y allaient de leurs
explications, toutes plus improbables et loufoques
les unes que les autres.

Dans un passage, l'épouse éplorée d'un des
hommes disparus le 5 décembre 1945, au large de
la Floride avec une escadrille de cinq chasseurs
bombardiers, commentait le drame, sûre qu'il
s'agissait là de l'œuvre d'une Martienne éprise de
son mari. Louisa et moi aimions revenir sur ce témoignage peu crédible, nous disant que la perte
d'une personne chère brise l'équilibre mental de
l'endeuillé. La perte de Louisa suscite de telles passions qu'il faut fuir les autres et leur accablement
pour rester sain.

Les enquêteurs n'ont pas encore livré leurs
conclusions sur le drame que, déjà, les rumeurs
vont bon train sur ses causes possibles. Attentat ter-
roriste, défectuosité mécanique, erreur humaine et
même acte volontaire d'un des membres de l'équipage ont été évoqués. Je me surprends à me faire

mon propre triangle des Bermudes en imaginant
que Louisa se serait introduite dans la cabine de
pilotage pour déconcentrer le pilote et son copi-
lote. Est-ce possible qu'elle les ait empoisonnés ?
Aurait-elle pu s'arranger pour détourner l'attention
de l'un et pousser l'autre à la maladresse en vol ?

J'y pense parce que je crois que ma sœur portait
en elle des fragments de malice, qu'elle savait camoufler dans des atours parfumés de bonne fille.
Peut-être qu'elle n'en pouvait plus de porter des
secrets. Plutôt que de se lancer du haut d'une tour,
elle a préféré orchestrer un anéantissement.

J'ai mal de douter d'elle et de lui prêter des in-
tentions qui ne se peuvent que dans les films. Il n'y
a que dans la fiction que les gens bien cachent des
affaires qu'on ne découvre qu'à la toute fin. Je préfère donc rester au seuil des souvenirs comme
échappatoire au spleen ambiant, me demander par
exemple quand était la dernière fois où nous avions
joué ensemble à l'élastique. À une extrémité de la
bande bleu et gris dénichée dans le coffre à cou-
ture de notre mère, un gros chêne dans la cour ser-
vait de poteau, tandis qu'à l'autre, il y avait mes
chevilles. Louisa voulait devenir la meilleure, ne
jamais perdre pied. C'est ainsi qu'elle s'exerçait,
sûre de pouvoir rivaliser contre d'autres gamines.
J'acceptais toujours la position que ma grande sœur

m'imposait pour se classer parmi les meilleures, devenir redoutable dans la cour d'école, crainte et respectée. J'abdiquais à l'idée de lui demander d'inverser les rôles le temps de quelques sauts. Il me restait la marelle. Elle avait besoin que je sois de la partie pour l'accompagner en redessinant les carreaux et les chiffres au sol. Elle décidait des règles du jeu, je m'exécutais, la laissant me guider ou me donner ses trucs pour accroître la rapidité et la précision de mes bonds.

Un jour, bien certainement, la pluie a effacé les lignes tracées aux craies blanches et roses sur l'asphalte. Nous ne savions pas alors que, devenues plus âgées, davantage intéressées par le rock et les garçons que par les affaires ludiques, on abandonnerait définitivement l'aire de jeux. Sans qu'on le prévoie, le rideau tombe toujours comme un couperet sur l'enfance. Le coffre à jouets fermé s'empoussiérera au fond de la remise à jardin avec, gisant autour, des cadavres de cordes à danser et de ballons de plage flétris, jusqu'à ce que, vingt ans plus tard, une nouvelle progéniture s'en approche.

Nos parents n'ont jamais pu jeter les objets de notre enfance. Plus tard cette semaine, j'enfourcherai mon vélo pour reconquérir au fond de leur garage ce cimetière de notre jeunesse, engouffrer mon nez dans une pile d'ours en peluche et de chiffons, retrouver Louisa par fragments : ici et là, un cheveu bouclé, un vieux paquet de gommes ballounes aux raisins, un reste de parfum de fillette trop rêveuse. Pour me réchauffer à la brunante, j'aurai jeté sur mes épaules une écharpe en cachemire de grand magasin, de celles que j'étrennerai en me rappelant que l'indigo lui allait mieux qu'à moi. Bien sûr.

Carlo Carontini

À quoi ressemble un veuf? Cette question demeure en suspens dans mon crâne bouillant et lourd. Jamais vu mon air aussi sombre et creux. Depuis trois jours, j'ai cette étrange impression de porter sur mes épaules carrées une tête d'animal mort à la place de mon habituelle cervelle; celle d'un Italien bon vivant et léger. Est-ce assez de ravages pour le veuvage? À une autre époque, tout bon catholique éploré portait le deuil durant deux ans, sauf pour ceux qui s'en affranchissaient en contractant un nouveau mariage. Les hommes pouvaient alors retirer leurs gants noirs, remplacer leur complet tout aussi foncé par un autre d'un ton plus clair. Mais l'idée de me remarier un jour me donne la nausée. Personne n'a encore osé m'en parler. Je tuerai à mains nues le premier à aborder le sujet. Louisa. Louisa. Louisa.

C'est moi qui devais partir avant elle. Nous en étions si sûrs. Tout avait été évoqué au lit après une soirée très arrosée. J'allais m'éteindre au travail à soixante-treize ans, foudroyé par une crise cardiaque. Voilà. Ça nous semblait si plausible pour un bon vivant, fumeur acharné, amateur de fromages, de charcuteries et de vin comme moi. Mon souffle court, mon rire rauque… Tout annonçait que je mourrais selon ce plan imaginé par elle et moi. Ça nous allait ainsi. C'était parfait. J'en aurais profité. Pas de cancer, pas d'accident de la route, de noyade, de meurtre. Juste un cœur qui cesse de battre au beau milieu d'un effort au travail. La petite mort me semblait trop idyllique pour passer de la métaphore à la réalité.

Pour sa mort à elle, nous avions vaguement supposé qu'il puisse s'agir d'un écrasement d'avion. Oui. Tous ceux qui travaillent dans le milieu de l'aviation y pensent. Voyageuse retraitée de soixante-dix-huit ans, elle aurait mené une vie remplie et comblée, serait devenue grand-mère trois fois. Puis, ça exploserait quelque part en vol au retour d'une croisière avec nos enfants. Avec un peu de chance, c'est en tenant la main de sa fille Adèle ou de notre Enzo que tout se terminerait. C'est ainsi qu'on meurt par chez nous. C'est de cette manière qu'on y pense après avoir bu trop de vin et fait l'amour langoureusement.

Après notre discussion, elle s'était sans doute levée pour prendre soin d'éteindre la lampe du salon restée allumée, de boire une gorgée d'eau bien froide et d'embrasser le front de bébé Enzo. Le sommeil avait emporté les dernières bribes de la conversation, nous laissant oublier notre mort éventuelle. Il faut bien avancer, élaborer des scénarios de vacances au bord de la mer, planifier l'achat d'une nouvelle voiture, hésiter entre une Toyota ou une Subaru. C'est ainsi que les jours et les années passent et nous étourdissent assez pour qu'on se croie à l'abri des tragédies, oublié parmi les mortels de passage.

La tragédie devrait-elle faire du bruit quand elle approche, envoyer un courriel d'avertissement, une lettre officielle par la poste, un coup de fil bref et clair? Non. Elle entre plutôt dans les maisons comme les insectes ou les rongeurs. Pas d'insecticide pour l'éloigner ou de trappe pour la capturer.

Il faudra désormais que j'avance avec des questions qui sortent de ma bouche sans que je sache d'où elles viennent. Mesdames et messieurs les gentillets, comment continuer? Un guide pratique, un Code de la route, un manuel d'instructions, s'il vous plaît. Est-ce qu'il ne vaudrait pas mieux porter des vêtements noirs du matin au soir, le temps d'organiser les obsèques, d'honorer sa mémoire? Suis-je censé pleurer en public, afficher des signes de dépression ou de détresse psychologique, cesser de me nourrir, me décharner peu à peu? Si, par inadvertance, je souriais? Enzo pourrait cracher sa purée, en mettre partout. Vous savez, le genre de comportement enfantin qui fait oublier le reste. Si, donc, par inadvertance, je souriais, est-ce qu'on pourrait penser que j'ai déjà tourné la page? Aurais-je l'air ingrat?

Louisa est-elle morte?

Aucun responsable de l'affaire ne nous l'a encore confirmé depuis les débuts de l'enquête sur l'écrasement.

Ça me rassure de me rappeler combien les sensations fortes ne rebutaient pas ma femme, qui a peut-être assisté avec sang-froid à sa fin sans trop en souffrir, plus fascinée qu'effrayée. Est-ce possible de mourir ainsi?

La semaine avant l'écrasement, on avait visionné notre dernier film en couple, *De rouille et d'os*. Le personnage que joue Marion Cotillard se fait dévorer les jambes par une orque dont elle est la dresseuse dans un parc d'attractions. L'histoire avait fasciné Louisa à un point tel qu'elle était allée télécharger sur internet des images de ces immenses bêtes au dos noir et au ventre blanc. Le soir même, dans notre lit, elle avait repassé en boucle le passage d'une vidéo montrant une orque attaquant un pêcheur tombé en mer. Son insistance pour que je regarde l'agression, ce sang former un halo rouge à la surface de l'eau, m'horripilait. Louisa, elle, ne se lassait pas de regarder à la télévision des scènes de crime, des accidents fatals et des cadavres. Louisa ne fermait pas ses paupières quand ça se corsait. Non, elle ouvrait encore plus grand les yeux, comme si elle voulait discerner tous les détails : une flaque rouge sur l'asphalte, la froideur, la rigidité des membres, un regard éteint pour toujours, une main inerte, paume tournée vers le ciel.

Cher unique amour aux idées aussi tordues qu'originales. Comment pourrais-je un jour me remettre de ta disparition ? J'appartiens à cette catégorie d'hommes inconsolables, de ceux qui refont leur vie après la perte de l'autre pour l'aspect pratique de la conjugalité plus que par sincère sentiment amoureux.

Pour me consoler, hier, un ami m'a dit que les êtres comme moi, trop intenses en amour, devraient toujours se rappeler un détail insensé dans le portrait idyllique qu'ils se fabriquent de l'être adoré : une calvitie naissante, un sein plus gros que l'autre, une odeur infâme sous les aisselles, une manière de zozoter légèrement. Toujours s'en souvenir quand l'émoi devient disproportionné. L'espace d'un quart de seconde, j'éprouverais alors la sensation de la désirer moins. Je respirerais mieux. L'effet anesthésiant durerait quelques minutes, pendant lesquelles j'ébaucherais même peut-être le portrait flou d'une nouvelle femme, pour retirer les gants noirs du deuil.

Mais quoi que je fasse, tout me ramène à son absence. On ne cesse de me téléphoner, de m'envoyer textos et courriels, m'intimant de rester solide pour sa fille Adèle, que j'aime comme un père, et pour notre Enzo surtout. Il faudra continuer à le porter dans mes bras, faire comme si tout allait bien, comme si je savais exactement de quelle manière on recoud le bouton d'un petit pantalon bleu. Celui qui se défait toujours et qu'elle a raccommodé une dizaine de fois. Comme si je savais à quelle cuisson il aime ses haricots, quel shampooing utiliser pour faire briller ses cheveux blonds et soyeux, déjà bouclés comme ceux de sa maman.

Le regarder me fait souffrir de plus belle. Je devrai tout faire pour le bien de notre enfant, pour honorer la famille nucléaire qu'on voulait réussir coûte que coûte.

Je parlerai à notre fils de la rencontre entre sa mère et moi il y a cinq ans sur un vol vers Rome, où j'avais rendez-vous pour mettre la main sur des recettes familiales conçues par tante Celestina et oncle Nunzio, les propriétaires du restaurant l'Estrella, situé tout près de la Piazza di Spagna et réputé auprès des touristes et des locaux romains pour ses gnocchis au thon ou ses ballades chantées par mon cousin Sylvio. Je venais de démarrer mon affaire dans la Petite Italie, et déjà, la clientèle venait des quatre coins de la ville pour goûter à mes plats typiques.

Louisa avait entendu parler de moi dans les médias et vu mon cliché dans le journal. En m'apercevant sur son vol, elle s'était avancée vers mon siège, me demandant si j'étais ce propriétaire de restaurant dont tout le monde parlait. Sous le charme, je lui avais tendu ma carte de visite avec la tremblote d'un vieillard. J'étais déjà fou de Louisa Vanier.

Quelques semaines plus tard, elle avait débarqué au resto, parfumée. Si j'avais jusqu'à maintenant préféré l'odeur des tomates aux parfums des femmes, à ce moment précis, les trois rangées de perles suspendues au-dessus de sa poitrine bien galbée, ses lèvres rouges et généreuses s'ouvrant sur une voix rauque et son chandail ample en tricot

blanc m'avaient donné envie de tout lâcher pour
me consacrer à son observation, la regarder s'habil-
ler et se déshabiller, noter les changements dans le
grain de sa peau, l'apparition d'un cheveu blanc,
d'une nouvelle ride, d'un grain de beauté en forme
d'étoile.

Oui, à notre fils, je raconterai presque tout ça
en espérant qu'en boucle dans ma tête, ne revien-
dront plus avec insistance les images de la dernière fois où elle a dégrafé devant moi un soutien-
gorge en dentelle mauve que je ne lui avais jamais
vu auparavant. Libérés de ces armatures de plastique, ses seins semblaient plus effrontés en pointant vers le haut. Ils semblaient me narguer, ne
plus m'inviter.

Je me surprenais à envier Adèle et Enzo de les
avoir tétés goulûment aux premiers jours de leur vie.
Cédant à l'instinct maternel, elle devenait douce ;
la prunelle des yeux d'une couleur jamais apparue
dans d'autres circonstances.

« Lequel préfères-tu, Enzo ou moi ? » lui avais-je
bêtement demandé durant un de ces allaitements
desquels j'étais exclu, m'empressant de quitter le
salon où elle s'exécutait, honteux surtout d'être allé
jusqu'à poser cette question.

Louisa ne me verra jamais apprendre à Enzo
comment faire les sauces bolognaises ou arrabiata,

construire une cabane d'oiseaux ou conduire une voiture à transmission manuelle. J'aurais voulu épater ma femme en adoptant la parfaite discipline du bon père, sorte de chorégraphie instinctive qui s'installe au fil du temps. Peut-être qu'elle m'aurait aimé plus en me voyant ainsi bien faire.

Comment vais-je procéder avec Enzo ? Je sais juste qu'il aime les bananes écrasées dans du yaourt à la vanille, qu'il veut entendre « Le tour de l'île » de Félix Leclerc avant de s'endormir, qu'il ne supporte pas d'être emmitouflé trop serré dans une couverture. J'espère tout faire comme il se doit, priant pour que notre enfant, privé de sa mère, ne grandisse pas avec des carences affectives. S'il fallait qu'il se transforme en voleur de banque, en *junkie*, en psychopathe. S'il fallait qu'il noie l'absence maternelle dans l'alcool. C'est moi qui aurais dû me trouver dans cet avion maudit. Je me suis surpris à vouloir me foutre en l'air avec le petit. J'ai honte. Ça m'a effleuré l'esprit juste quelques minutes.

Ressentait-elle ce même désespoir avec les enfants, cette profonde inquiétude de ne pas être adéquate ? Peut-être qu'aux prises avec ce sentiment de ne plus s'appartenir comme femme, épouse, amante, ma femme, déjà mélancolique, a fait comme ces chiennes des montagnes en Patagonie qui, malades et agonisantes, quittent la meute et leurs chiots pour aller mourir plus loin.

Quand je reprendrai l'avion, je la chercherai en regardant à travers le hublot. Et si par un ciel bleu j'apercevais ses bas de nylon accrochés à un nuage? Pour contrer les effets de sa disparition, je dirai à Enzo de repérer les indices de la présence de sa *mama* dans le ciel en gardant la tête haute, le menton pointé en direction des étoiles pour être prêt à capter des signes et l'inciter ainsi à créer des images de sa mère et des objets personnels qu'elle traînait avec elle dans ses déplacements outre-mer : sa petite valise Louis Vuitton, offerte par ses parents à sa centième heure de vol, un vieux jeans, une veste en cuir, un t-shirt acheté lors de notre dernier voyage dans les Bahamas, des photos de ses enfants coincées entre ses cartes dans son porte-monnaie, au dos desquelles elle avait pris l'habitude d'inscrire des notes : *Adèle rêvasse à son amoureux de la garderie. Enzo pleure, interrompu dans sa sieste. Adèle, fière de ses résultats scolaires en anglais. Enzo fait ses premiers pas sur une plage du Maine.* Enzo qui ne connaîtra qu'un visage photographié de sa maman. Enzo qui ne la verra jamais confuse ou silencieuse. Pourquoi n'avons-nous jamais pensé à tourner de petits films amateurs dans lesquels elle apparaîtrait, vêtue d'une robe fleurie ou sur le balcon, un livre à la main? Notre fils ne saura pas comment ses bras fins gesticulaient dans l'air, ne saura pas que ses yeux se refermaient en formant deux demi-lunes pour se protéger du soleil, que sa voix fluctuait au gré de ses émotions, toujours avec une intonation plus douce au seuil de son oreille à lui, plus chantante et assez hypnotique pour qu'il s'endorme à poings fermés sans pleurer.

Désormais, Enzo hurle. Il reprend son souffle à travers une succession de spasmes semblables à ceux de *junkies* en sevrage. Il se débat au milieu des débris que sont devenus sa vie.

Mylène Décary

Louisa ne pouvait pas mourir. À trente-huit ans, on se croit encore invincible. Plus abîmé qu'à vingt ou vingt-cinq ans, certes, mais toujours sous l'emprise d'une fougue qui empêche de penser à notre finitude. Il me semble qu'avant soixante ans, le vide, ou ce qu'il adviendra de nous après notre expiration, reste une idée vague à laquelle il vaut mieux ne pas s'attarder. De toute façon, il y a trop à faire avec les enfants à élever, les performances à atteindre au boulot, les rénovations au sous-sol, la voiture à changer. L'idée de la mort, sa date, son heure, ne figurent dans l'agenda de personne. Notre propre trépas comme celui de nos proches commence d'ailleurs toujours par nous surprendre.

À chaque perte d'un être cher, après l'étonne-
ment, un étrange sentiment de trahison s'empare
de moi, me laisse figée, incapable de pleurer. Alors,
je me mets à rire, rire et rire de plus belle. Je m'es-
claffe de lui en vouloir à elle, comme si elle avait
quelque chose à voir dans l'écrasement de son vol,
comme si elle avait été ingrate de ne pas m'avoir
préparée à son absence.

Un jour, le téléphone sonne à une heure inhabituelle ; très tôt le matin ou après minuit, et on
entend sangloter dans le combiné. Dans l'instant,
on comprend. Mille ans nous gagnent alors ; ce qui
restait de notre jeunesse tourne les talons.

Il y a quarante-huit heures déjà, c'était la voix
cassée de son mari, Carlo, qui, à l'autre bout du fil,
tissait ce lien invisible entre l'horreur et moi. Il me
semble qu'un demi-siècle s'est écoulé depuis cet
appel. En regardant les images de la tragédie à la
télévision, j'avais peine à croire que cette fois-ci, ça
nous concernait, nous ; qu'il ne s'agissait pas de
l'écrasement d'un avion égyptien ou chinois avec à
son bord des passagers égyptiens ou chinois. Le
malheur des autres m'aurait soulagée.

Habituellement sans émotion visible, les journalistes à l'écran ne prenaient même plus soin de
cacher leur affliction. Leur ton grave cassé par la
stupeur et l'incompréhension me ramène à mon

amie disparue. Dans l'amas de tôle et de valises éventrées, comme pour quelques autres, on n'a encore rien retrouvé appartenant à Louisa. Louisa Vanier ne pouvait pas encore figurer sur la liste fatidique des victimes qui circulait partout dans les réseaux sociaux et dont je commençais à connaître les noms par cœur. Louisa Vanier, agente de bord, trente-huit ans, « manquait à l'appel ».

Trouver des réponses à son absence était devenu mon obsession, mais pour accéder au compte Facebook ainsi qu'aux courriels de Louisa, et peut-être y trouver des informations pertinentes, il me faudrait redoubler d'ardeur.

« On ne sait jamais, des fois qu'il y aurait un écrasement pendant mon service ! Faudrait quand même que ma meilleure amie soit au courant de mes petits secrets. » C'est ce qu'elle m'avait lancé il y a six mois, dans un restaurant, entre deux gorgées de gin-tonic qu'elle s'envoyait théâtralement pour se donner un air clownesque et me faire rire, comme elle savait si bien s'y prendre. Ce soir-là, c'était la fête ! On se croit encore plus invincible en temps de réjouissances. Trop occupée à faire de l'œil au voisin de table, je n'avais pas noté son mot de passe. C'est tout juste si j'avais écouté parler mon amie éméchée. Il faudrait que je cesse de tout prendre à la légère.

C'est avec cette nouvelle résolution en tête que je me suis mise à tenter hier d'entrer dans son compte Facebook en y inscrivant à tâtons quelques combinaisons de chiffres et de lettres. J'ai eu peur de ne jamais percer l'énigme issue d'un souvenir moins net depuis ce soir alcoolisé. Une cousine qui avait épousé un pilote de ligne m'avait d'ailleurs un jour expliqué que le fait de révéler leurs codes secrets serait une habitude commune à plusieurs membres du personnel aérien. Certains iraient même jusqu'à faire un minutieux ménage de leur demeure avant de partir en vol au cas où ils ne reviendraient jamais. D'autres placeraient en évidence sur leur table de chevet des documents notariés, s'assurant ainsi de ne jamais laisser leurs proches dans l'embarras en cas de décès.

Louisa, qui ne me semblait pas de nature si planificatrice, avait-elle pressenti sa mort ? Peut-être qu'une prémonition survient comme une impression vague effleurant notre pensée les heures, voire les mois précédant la journée fatale.

Une collègue de travail, dont le mari policier était mort d'une balle dans la tête en tentant de mettre la main au collet d'un voleur durant un quart de nuit, m'avait confié que les heures avant, alors qu'ils prenaient leur bain à la lueur d'une chandelle, il l'avait questionnée d'une manière surprenante sur sa façon à elle d'envisager l'au-delà. J'imagine que dans pareille situation, sur le coup, on ne prête pas attention à la discussion, on aime l'intérêt que l'autre nous témoigne, on l'embrasse et on passe à un autre sujet.

Cette vie après notre trépas, je ne l'ai jamais pensée autrement que comme le néant, une sorte de grand vide abyssal dépourvu de sens dans lequel régnerait peut-être un véritable silence de mort. Puisque je n'ai jamais cru en rien, pas plus en Dieu qu'en une quelconque « lumière » aveuglante et diffuse au fond d'un long tunnel, il m'apparaissait impossible de croire que si Louisa était bel et bien morte, elle ait pu se retrouver dans un paradis semblable aux îles Canaries de ses rêves pour y vaquer dans l'attente d'une réincarnation ou d'un autre phénomène inexpliqué.

J'étais donc sceptique à l'égard de tout ce qui échappe à la logique. Du moins, jusqu'à mon réveil ce matin.

Je me suis alors souvenue d'un rêve au cours duquel j'avais entendu le chant indescriptible, tantôt strident, tantôt enjôleur, d'un petit oiseau jaune. Pouvait-il s'agir d'un canari?

Les pattes de la bête ailée se prenaient dans la dentelle de mes housses d'oreiller. L'animal paniquait, battait des ailes de plus en plus vite jusqu'à ce qu'il réussisse enfin à se déprendre. Impuissante sous mes couvertures, je n'avais pas pu esquisser un geste. Enfin libéré, l'oiseau s'était mis à virevolter d'un coin à l'autre de ma chambre, incapable de trouver une issue. Dans son emportement, il s'était rapproché si près de moi qu'il avait fait tournoyer des mèches de mes cheveux. J'entendais le chuintement du vent s'entremêler aux cris de l'oiseau affolé. Nos regards s'étaient ensuite croisés. Des yeux noirs et brillants m'avaient fixée. Puis, avec une voix plus humaine qu'animale, l'oiseau m'avait soufflé à l'oreille un mot. Réveillée par je ne sais trop quel bruit venant de l'extérieur, je m'étais précipitée à l'ordinateur pour tenter à nouveau d'entrer dans le compte Facebook de Louisa. Aussi inimaginable que cela puisse sembler, au premier essai, j'avais réussi.

Bien que quelques heures se soient écoulées depuis mes trouvailles concernant sa vie privée, juste à y repenser aujourd'hui, j'en ai encore le cœur battant et la gorge nouée.

Dans plusieurs courriels adressés à un certain Aurélien Simon, Enzo apparaît sur des photos jointes : au restaurant de Carlo, sur les genoux du père Noël, le visage rougi par la timidité, en couches dans un carré de sable, une pelle à la main, sur les épaules de Louisa, radieuse dans ses habits d'agente de bord, et sur un dernier cliché envoyé le 22 juin, arborant cette mine mi-figue mi-raisin qui le caractérise.

Après quelques recherches sur le nom Aurélien Simon dans Google, j'ai vu des photographies de celui qui doit être l'inconnu des messages. À en juger par les notes explicatives sous les clichés, il semble occuper un poste en finances à Paris. Parmi ces images, l'une montre l'homme avec une mine rieuse, presque enfantine. Il pourrait être au début de la trentaine. Ses traits sont fins, ses cheveux blonds, presque blancs. Blonds presque blancs comme ceux d'Enzo. Une fossette creuse le centre de son menton. La fossette d'Enzo.

Au-delà des photographies, le contenu des messages échangés entre Louisa et Aurélien est sans équivoque. Il s'agissait d'amour, de servitude, de secret, de rendez-vous, d'arrivées, de départs, de questions, d'attente, de peur, d'aveux, de manque... Beaucoup d'Enzo.

Parmi cette correspondance étalée sur trois années et témoignant de la nature illégitime de la relation, une photo montre Louisa et Aurélien s'étreignant sur une terrasse. L'amoureuse sourit avec une plénitude que seules les vieilles résilientes en fin de vie peuvent afficher. Un foulard mauve couvrait son cou et sa main tentait de tenir sur sa tête une

casquette blanche à large visière. Il devait venter
beaucoup cet après-midi-là. Est-ce que le vent ba-
laie la mauvaise conscience? L'homme montre
son profil, le nez contre sa nuque, l'œil à demi clos,
la bouche entrouverte. Devant eux, une bouteille
de Laurent-Perrier, un paquet de Camel, deux romans dont on ne pouvait pas lire les titres. Il m'a
semblé qu'il s'agissait de cette édition de poche de
La conversation amoureuse d'Alice Ferney qu'elle
avait un jour oubliée chez moi.

Reprenant mes esprits, je me suis souvenue de
ce doute qui m'avait effleurée lors d'une grande
fête organisée à la maison du couple. Louisa, sobre-
ment vêtue d'un pantalon ajusté noir et d'un pull
en cachemire vert émeraude, s'assurait que les
bambins et leurs parents aient de quoi s'hydrater.
Le bon Carlo préparait des pizzas, une salade ni-
çoise, s'affairait à terminer le gâteau au chocolat,
comme seul un propriétaire avisé de restaurant italien sait les préparer. La maisonnée tout en boise-
ries n'en était que plus douillette encore.

Louisa avait eu la brillante idée d'inviter
quelques célibataires pour me divertir et ainsi éviter
de m'entendre chialer sur la montagne de cadeaux
offerts au petit, ses régurgitations et les conversa-
tions futiles de nouvelles mamans. L'après-midi
s'annonçait paisible, d'autant plus que je conver-

sais avec le comptable de Carlo, un type fraîchement séparé, doté de mains massives à faire rêver.

Pour m'éviter d'avoir l'air de l'amie croqueuse d'hommes, Louisa s'était empressée de me demander de langer son fils. Dépourvue d'ambition particulière de devenir mère, j'aimais tout de même serrer le petit Enzo dans mes bras, jouer dans sa chevelure bouclée, chatouiller sa peau soyeuse. Malgré mes airs de vieille fille égocentrique, je l'aurais adopté sur-le-champ.

Dans sa chambre d'enfant, collée contre son corps dodu, j'avais détaillé les parties de son anatomie, les nommant avec une voix caricaturale nasillarde et aiguë pour le faire rire aux éclats. Sans doute attiré par mes cris démesurés, Carlo, l'air amusé, était apparu dans l'embrasure de la porte. J'aimais faire rigoler le mari de ma meilleure amie.

— De qui bébé Enzo tient-il ses belles petites fesses rondes là ?

— …

Je ne me souvenais pas avoir déjà vu un homme se déconstruire aussi vite. Voyant ses yeux se remplir d'eau, son visage blanchir et son dos se voûter, je m'étais empressée de ramener le petit au salon puis de me servir un très grand verre de punch. J'y avais même ajouté du rhum. Beaucoup de rhum.

Le lendemain de cette fête, n'en pouvant plus d'avoir la triste réaction de Carlo sur la conscience, j'avais téléphoné à Louisa. Elle s'était moquée gentiment de l'excès de sensiblerie de son mari avant de faire dévier la conversation sur mon attirance pour le comptable à bas bruns. Nous nous étions mises à faire des blagues et à passer du coq à l'âne, comme seules deux amies de longue date savent le faire.

Quelques jours plus tard, mon père était tombé gravement malade, et puisque ça m'avait inquiétée au plus haut point, je n'avais plus jamais ressassé cette histoire de paternité.

En y repensant, je me demande à quel point mon amie a été franche et sincère au fil des ans. Quelle place réelle notre amitié a-t-elle occupée pour qu'elle évite de se confier à moi à ce sujet?

Puisque je me mets à douter de celle avec qui j'ai grandi et qui a soufflé en même temps que moi sur le feu de mes chandelles de gâteaux d'anniversaire depuis l'enfance, je me demande si, prisonnière des cordes du mensonge, elle n'aurait pas pu orchestrer elle-même l'accident pour s'en libérer. Je ne sais plus qui était celle à qui je m'en suis toujours remise dans le doute, les peines, les deuils…

Louisa m'enviait d'avoir tout essayé, d'avoir exaucé mes souhaits, embrassé mes fantasmes sans aucune gêne. Peut-être que ça bouillait en elle, qu'elle aurait voulu faire autre chose de sa vie, même si le métier d'agente de bord était venu la chercher dans les tripes dès son premier vol à l'été de nos vingt et un ans. Elle devait jouer à l'hôtesse de l'air de mai à septembre, le temps d'amasser assez d'argent pour payer sa session d'automne à l'université. Elle était restée accrochée au ciel, préférant de loin ce qui se passe en haut aux affaires terrestres.

J'avais aussi compris qu'il était question d'un commandant dans la jeune trentaine, un homme marié dont elle s'était amourachée à en perdre la tête. On avait même cessé de se parler pendant quelques mois, elle trop prise par cette histoire, moi un peu jalouse de passer au second plan.

Elle s'était traînée jusque chez moi en revenant de la Floride, où il en avait profité pour la quitter lâchement la veille à l'hôtel, prétextant que sa femme et lui essayaient de faire un enfant et qu'il préférait garder sa semence pour elle, qui l'attendait avec deux marmots à la maison. Louisa avait passé deux jours dans mon lit à pleurer, à boire du vin et à se moucher en surveillant du coin de l'œil la porte, espérant peut-être qu'il débarque dans ses habits noirs de dieu céleste. Un médecin lui avait prescrit des antidépresseurs pour qu'elle remonte la pente et elle n'avait jamais cessé d'en prendre depuis, sûre que c'était ce qui la retenait ici-bas. C'est à cette période de notre amitié que j'ai entrevu une faille dans la perfection bien lisse de mon amie. Elle aussi, malgré toute sa splendeur, s'était fait berner. Elle aussi avait sombré dans les affres d'une rupture dont on ne sort jamais indemne, de celles qui cassent un être.

Louisa revenait souvent sur cet épisode et avait longtemps cherché à revoir le commandant, un certain Laurent, employé désormais par une autre compagnie aérienne et établi dans une ville éloignée. Elle avait appris qu'il s'était séparé de son épouse peu de temps après la naissance de leur troisième enfant et qu'il était maintenant avec une femme plus jeune. Ça l'obsédait qu'il ne soit pas revenu la chercher. Si elle l'avait eu devant elle, elle l'aurait éviscéré. Louisa l'aurait fait. Mais ça aussi, elle savait bien le camoufler sous ses chemises et ses jupes bien repassées.

Où qu'elle soit, mon amie peut enfin cesser de se cacher. Louisa maintenant affranchie, peut-être devenue omnisciente dans son paradis ou ailleurs ? Sait-elle désormais qui nous sommes dans notre intimité lorsque, débarrassés de notre visage social, on cesse de faire semblant ? J'imagine déjà qu'elle me suit partout, penchée au-dessus de mon épaule quand je conduis, lors de mes séances de photographie ou avec mes amants de passage, et qu'elle guide mes agissements.

Moi aussi, j'en sais un peu plus sur elle, et surtout sur ce qu'elle tenait tant à cacher de son vivant. Elle et Aurélien. Ce qui me frappe le plus, c'est cette photo d'eux assis en terrasse autour de la bouteille de champagne. Elle ne s'y ressemble pas. Ses yeux très ronds, sa posture décontractée avec la tête penchée légèrement sur le côté, cet air si heureux. Je ne lui avais jamais vu cette expression. Ni ce foulard mauve, d'ailleurs.

Georgiana Dugas-McCann

J'oublie, je suis dangereuse. C'est ce qu'on m'a dit. Je ne m'obstine plus. J'ai quatre-vingt-dix ans. Je suis fatiguée et mon arthrite me fait mal. J'en fais même dans les ongles. C'est possible. J'ai aussi ce que les médecins appellent un début de démence. Le terme médical le plus affreux du dictionnaire. C'est comme s'ils entendaient le démon parler à travers moi. J'ai peur. Peur de ce que je deviens dans le regard des autres : une vieille folle flétrie à qui on s'adresse comme à une enfant de cinq ans.

Comment exprimer ma rage d'aujourd'hui autrement qu'en la hurlant, seule dans mon horrible chambre ? On a volé ce matin ma boîte de chocolats Laura Secord. Je pourrais appeler la préposée noire avec des cheveux tressés, crier par les trous de

l'interphone. Mais personne ne réagirait. À moins
que je fasse semblant de m'étouffer avec un cœur
de pomme coincé au fond de la gorge ou que je
simule l'attaque cardiaque, feignant les symptômes
qui y sont associés et qu'il est pratique de connaître ;
là au moins, on se préoccuperait de moi. Sinon, personne pour me demander ce que je mets dans mon
café, si l'infâme couleur des murs de ma chambre
me plaît, si je souhaite recevoir un massage des
pieds avant de dormir ou prendre trois bains chaque
semaine plutôt que deux. Oui, il faudrait aussi penser à laver mon vase à *peppermints*, ça doit faire
trois ans que les mêmes bonbons gisent au fond.

Au poste d'accueil, deux ou trois jeunes filles se
relaient pour répondre aux demandes des résidents.
Je n'ai jamais compris pourquoi on y laissait travailler des adolescentes aux seins siliconés, qui les ex-
hibent en portant des tenues minuscules. Si j'avais
l'esprit mal tourné, je dirais qu'on cherche à accélérer le rythme cardiaque des vieillards pour qu'ils
crèvent plus vite. J'en mettrais ma vieille main ta-
chetée au feu. La liste d'attente pour des chambres
déborde. De quoi se faire une petite fortune dans
l'industrie des logements pour gens du troisième
âge. Il y a ce monsieur Eddy Lavoie ou Savoie qui
a fait ses choux gras de ces entreprises. Est-il veuf,
lui ?

Le physique. C'est ce qui nous lâche en vieillissant quand on s'imagine encore capable de faire la cour à quelqu'un. Quant à la gêne et à la retenue, qui jadis pouvaient freiner nos ardeurs, elles ont disparu en même temps que la beauté, satanée maladie passagère. Dire qu'avec cette audace et ce cran que je sens pousser en moi en même temps que ce qu'ils appellent « la démence », je me sens pas mal plus dévergondée en ce qui concerne les courtisaneries. Mais le corps ne suit plus. La vie manque toujours de synchronisme quand il est question d'être heureux pour de vrai.

Ici, il n'y a pas que les voleurs de chocolats qui nuisent à ma joie. Tout le monde veut me punir. Ma fille Lise me dit que je fais de la paranoïa, un trait lié à ma maladie, moi, je dis plutôt qu'à force de fouiller dans mes objets personnels, les employés et résidents connaissent mon passé et veulent venger ceux envers qui je n'ai pas toujours été tendre. Il me semblait bien aussi qu'on finit toujours par payer pour nos faux pas.

Si je n'avais pas hâte de mourir moi-même, j'aurais peur qu'on injecte de la strychnine dans mes *hot chicken*, pâtés chinois et autres mets qui se mangent bien quand on perd son dentier. Mais ici il est préférable de rester édenté. Il est trop long et coûteux de nous faire faire une nouvelle prothèse

ajustée parfaitement à notre bouche, et on évite de
sortir l'ancienne de son contenant de plastique. Du
coup, Anita, la cuisinière roumaine, nous prépare
des mets mous aux goûts discutables.

C'est quand même étrange, la vie : un jour, tu
savoures un pavé de saumon frais à l'aneth, accom-
pagné de pois mange-tout et de girolles au miel,
puis, le lendemain, parce que tu as oublié d'éteindre
un rond de poêle dans ton modeste trois-pièces, tu
te réveilles dans un endroit empestant la naphtaline et les suppositoires avec, en prime, une bro-
chette de têtes blanches endormies dans leur fau-
teuil roulant. Certains ont même de l'écume au
bord de la bouche, c'est à vomir.

Tout ça pour dire qu'il y a quelques heures à
peine, ma boîte Laura Secord reçue des mains de
Gerry, le plus gentil préposé de mon étage, celui
qui a une dent en or vingt-quatre carats, a disparu.
J'avais pris soin de la cacher entre mes bas et mes
soutiens-gorge dans le tiroir de ma commode. Je
crois que c'est Solange Beaupré, la ratoureuse, qui
l'a piquée pour avoir de quoi nourrir sa visite de
Drummondville. Il n'y a que la Beaupré qui est
assez vive encore pour déjouer mes stratégies de
camouflage.

Elle se promène partout sur l'étage dans sa robe
de nuit rose bébé en ratine pour entrer dans toutes

les chambres et, dès qu'elle se fait prendre, elle pré-
texte qu'elle n'a plus assez de tête pour se rendre
compte qu'elle subtilise des choses qui ne lui ap-
partiennent pas. La grosse Beaupré, quand il s'agit
de sucreries, elle est encore plus rapide sur la
gâchette, malgré son surplus de poids. Puisqu'on
la croit atteinte de démence, elle aussi, la direction de l'établissement lui pardonne tout. Les
employés rient entre eux de ses comportements. Il
faut qu'elle n'ait aucun orgueil pour se promener
de manière calculée avec un casque de bain sur la
noix. Pendant qu'on la prend en pitié, le jeu de
cartes de M. Pelletier a disparu, l'ours en peluche
de Mme Dorval aussi, et mes Laura Secord se sont
volatilisés.

Peut-être que la direction de la résidence m'en
offrira d'autres, avec une carte et des œillets multi-
colores pour me consoler. On leur a dit hier que ma
petite-fille Louisa devait faire partie des membres
de l'équipage de cet avion du vol 459 qui s'est écrasé
entre le Groenland et le Labrador. Qu'est-ce qu'elle
a dû avoir froid. À choisir, j'aurais opté pour les
Caraïbes. J'ai eu cette réflexion à voix haute devant
un employé de l'entretien ménager. Il m'a regar-
dée d'une étrange manière, comme s'il ne me
croyait pas, comme si j'inventais une histoire pour
me rendre intéressante.

Quand quelqu'un près de nous meurt ou qu'il
passe un mauvais moment, un préposé vient nous
voir avec des cadeaux. C'est apprécié. Les fleurs
mettent de la couleur dans nos chambres exiguës
aux murs gris. Et puis, certaines journées plus que
d'autres, durant les grandes chaleurs, ça ressemble
ici à un mouroir où les autres tombent comme des
mouches. On est vieux, on souffre et on s'éteint
sans que ça cause trop de soucis autour. Quelqu'un
mettra une photographie de notre vieux visage sur
le mur des disparus pour que les résidents endeuillés viennent se recueillir et ne nous oublient pas.
Un de moins. Il faut qu'il y ait du roulement, que
le personnel de l'entretien sanitaire serve à nettoyer
les chambres pour faire place à d'autres séniles.
C'est ça, la vie au huitième étage de la résidence
L'Espoir. L'espoir de quoi, voulez-vous bien me
dire ? Quand Lise m'a donné le nom de cet endroit,
je lui ai ri au visage. L'espoir de voir la lumière,
j'imagine bien, si on la voit un jour. Peut-être aussi
qu'on erre dans l'éternité avec nos anciens maris.
J'en ai eu deux, ils sont morts, et ça ne me tente pas
de les retrouver. De les torcher encore.

Il paraît que ma petite-fille et les autres voyageurs revenaient de Paris, qu'il y avait des enfants et
un couple de jeunes mariés. Ils n'auraient pas encore retrouvé tous les corps des gens qui étaient à

bord ni la boîte noire. Ça peut être long, on a parlé de plusieurs mois, même, avant qu'on en sache un peu plus sur les circonstances du drame aérien. À la télévision, dans *Mayday*, on a dit que parfois, les énigmes ne sont jamais résolues.

Pauvre Lise qui m'accuse d'être négative. Je suis réaliste, pas négative ! Ma propre fille baigne pour sa part dans une visqueuse suspicion permanente, toujours là pour douter de tout le monde, incapable de laisser les victimes de ce vol dans l'océan, devenu une épaisse soupe de tôle et de chair. La chair de ma chair.

Chère Louisa… Je m'ennuierai de ses visites impromptues. Plusieurs heures après qu'elle soit partie, son parfum musqué, vanillé et citronné embaumait encore la pièce. Du Jean Naté de meilleure gamme. Parce que la belle Loulou n'était pas du genre à se contenter de vulgaires parfums de pharmacie. Quand elle allait en France, elle me rapportait des flacons aussi précieux que du cristal. Je ne me souviens pas où j'ai caché le dernier. La résidence regorge de cachettes où j'ai dissimulé des objets précieux pour éviter qu'on me les vole. C'est désolant de vieillir avec des parties du cerveau qui s'éteignent. Un beau jour, j'oublierai de respirer et on m'enterrera. Seule. Sans mon deuxième mari, le pauvre Roland qui est allé à la chasse en Abitibi en 1992 et qui n'en est jamais revenu. Parfois, on ne retrouve pas les cadavres, et leurs proches meurent en n'ayant jamais su. D'autres fois, on les embaume et on les enterre en n'ayant jamais vraiment idée de qui ils étaient.

Tout ce que j'ai su sur la tragédie du vol 459, c'est ce que j'ai appris hier au bulletin de nouvelles. M. Bruneau a présenté le reportage à la télé. J'ai fait signe aux autres vieux de se taire, et nous sommes restés longtemps après silencieux. D'habitude, tout le monde jacasse n'importe quand pendant les programmes à la télévision.

Quelques heures après les informations, Robert, mon gendre, m'a appelée en larmes pour savoir si j'avais entendu la nouvelle de l'écrasement de l'avion de Louisa. Pour lui, c'est le début de la fin. Il va mourir avant moi. On se tue à trop pleurer. Quand on souffre souvent, je veux dire. Je pense qu'à un moment précis, il n'y a plus de larmes à faire sortir. Le crâne s'assèche autant que le Sahara, et c'est fini. Ça devient si douloureux derrière les yeux qu'on se jette à l'eau. Souvent on s'y noie. C'est peut-être ce qui est arrivé à mon Roland en Abitibi. Il n'a jamais su nager.

Comme je reste une bonne femme fière et orgueilleuse, je ne dis rien au sujet de ma petite-fille et je fais semblant que tout ira pour le mieux dans ma chambrette grise. Je ne pourrai peut-être pas retenir mes pleurs encore longtemps. Heureusement que je ne porte plus de mascara. J'imagine le gâchis à travers mes restants épars de dignité. Noyée dans ses larmes, une vieille harassante diagnostiquée démente, ça n'attendrit personne. Chez les vieux, le démon a le dos large.

On s'habitue quand même à perdre les autres autour. Au fil des années, ça s'accumule si bien que, dans l'espace cérébral consacré aux souvenirs, on en vient à ne plus pouvoir départager les visages des êtres vivants de ceux des morts.

Louisa, elle, demeure bien vive. Unique, la tête frisée auréolée dans ce foutoir à cadavres qui s'est installé au fil des années dans ma caboche.

Je l'aimais, celle-là. Au premier coup d'œil, s'ils paraissaient harmonieux, d'une sage finesse, les traits de son visage, quand on s'y attardait, laissaient émaner un mélange de moquerie et de malice, comme si elle était sur le point de vous faire un croche-pied pour rire et changer le rythme d'une situation lassante. Je l'appelais « la belle épouvante ». Comme le titre d'un roman d'un écrivain dont j'ai oublié le nom. Je lisais beaucoup avant que ma vue baisse. Louisa devait tenir ça de moi. Il me semble qu'elle se plaisait, elle aussi, à insérer des notes et des morceaux de papier entre les pages de ses livres chargés de secrets insoupçonnés, la cachette la plus sûre quand on vit à côté d'êtres peu portés sur la lecture. Il lui arrivait aussi de m'écrire des lettres qu'elle m'envoyait par courrier. Je crois bien être la seule et dernière personne dans sa vie à qui elle pouvait rédiger des messages manuscrits à l'encre verte, en hommage à mes racines irlandaises. Elle les glissait dans des enveloppes aux tons pastel sur lesquelles elle prenait plaisir à apposer des timbres différents qu'elle choisissait au gré de son humeur. Encore chanceuse qu'à travers sa vie occupée, elle ait pris soin de penser à sa mamie, de s'informer sur mon état de santé, de m'envoyer des dessins d'Enzo, des poèmes d'Adèle. D'elle, de son travail, de son mari, elle me parlait peu, sauf pour chaque fois m'exprimer à quel point elle se trouvait chanceuse qu'à son âge, elle ait encore une grand-mère. Bien sûr, ça suffisait pour me rendre moins sèche et prompte avec les autres autour de moi, dont Fernande, ma colocataire de chambre, qui se plaignait de n'avoir jamais rien à raconter à sa visite, mis à part de commenter ce qu'elle mange ou l'état de ses nouveaux bobos.

À l'heure du coucher, hier, je me suis dit que Fernande aurait enfin une histoire à révéler à ses enfants lorsque je lui dirais qu'en fouillant au sol pour trouver de quoi lire, parmi ma dizaine de magazines éparpillés au pied de ma couchette, j'avais trouvé une enveloppe d'un mauve lilas et encore cachetée… Elle avait dû glisser de ma table de chevet surchargée d'objets et échapper à mon attention. J'ignorais depuis combien de jours elle s'y trouvait. Pas complètement sénile, j'avais reconnu l'écriture ronde et encore enfantine de Louisa et m'y étais plongée avec une curiosité plus intense que jamais.

Or, ce matin, en y repensant, je peine à me souvenir de ce que contenait la lettre. De quand était-elle datée? En provenance de quel endroit? Il faudrait que je retrouve l'enveloppe lilas et les mots de ma petite-fille. Dans ma tête, tout s'est embrouillé. J'aimerais mieux commencer par manger les chocolats Laura Secord, mais il faudrait que je me cache pour ne pas qu'on sache que je les ai volés au résident d'en face, M. Coallier. Il n'avait qu'à verrouiller la serrure de son armoire.

Vincent Clément

Je n'aurai pas eu le temps de la tuer moi-même. Je n'avais pas de plan précis, pas de date, pas d'arme sous la main. Pas encore. Il a plutôt fallu que Louisa Vanier, qui m'a jeté comme un vulgaire déchet en démolissant notre château fort, parte en héroïne de l'air tirée à quatre épingles, une sorte d'icône, comme ces hôtesses aux tailleurs bleus de la Pan Am. Ce qu'elle serait fière de voir tous ceux qui la cherchent et la pleurent en attendant qu'on retrouve son corps… Nul n'oserait jamais ternir sa parfaite image lisse de femme élégante. Qui m'écouterait, moi, l'ex-mari de madame ? Pourquoi faut-il toujours louanger nos défunts, les rendre étincelants, plus glorieux et brillants à leur trépas qu'ils ne l'étaient de leur vivant ?

Tous ont pleuré Romy Schneider quand son corps a été retrouvé dans son appartement parisien en 1982. La pauvre Rominette, la belle, la pure, la légende. Pourtant, celle qui avait justement incarné Mademoiselle Ange au cinéma dans les années cinquante, rôle culte d'hôtesse de l'air qui empêche le suicide d'un homme en peine d'amour, n'avait pas été de tout repos avec ses amants, comme le skieur olympique Toni Sailer ou l'acteur Alain Delon. Plusieurs ont dit d'elle qu'elle était insupportable, que l'image qu'on avait construite à son sujet, angélique, était fausse.

Personne n'a encore osé parler de la vraie nature de Louisa, celle que moi j'ai connue et avec qui j'ai eu Adèle, notre fille cloîtrée dans sa chambre, anxieuse, qui demeure néanmoins la seule étoile dans la constellation noire d'un mariage de trois années. Trois années de batailles. Mon meilleur ami, témoin de nos engueulades magistrales, nous avait comparés au couple en crise incarné par Michael Douglas et Kathleen Turner dans *La guerre des Rose*. Je n'ai jamais coupé les talons des chaussures de Louisa, elle n'a jamais cuisiné un pâté avec mon chien Ralf, mais nous n'en étions pas loin. Je l'ai cognée par-derrière la tête quand, un matin, alors que je rentrais encore éméché de la veille, elle m'avait crié des noms cruels, de ceux qui font

monter la pression sanguine en l'espace de quelques
secondes.

Elle était enceinte d'Adèle. Je me suis excusé
mille fois.

Louisa se plaisait à me ridiculiser en public,
riant de mes romans et ne manquant pas d'insister
pour dire à quel point elle les trouvait surannés,
écrits dans l'unique but de me parer de gloire. Il lui
est même arrivé d'appuyer un couteau contre ma
gorge après avoir découvert le courriel d'une admi-
ratrice. C'était aussi ça, la Louisa : une violence
explosive et soudaine, des colères qui mènent au
désir de commettre des crimes. Elle l'aurait fait si
notre fille, alertée par nos cris, n'était pas apparue
au même moment dans l'embrasure de la porte.

Mes infidélités n'auraient pas dû compter. Elle
partait si souvent pour son travail. Elle aurait pu
faire semblant d'ignorer mes escapades sans impor-
tance, ravaler ses larmes pour quelque temps. Avec
les années, je me serais calmé. Quand les maî-
tresses commençaient à montrer un signe inévi-
table d'attachement, je les quittais. Je me demande
d'ailleurs comment Mylène Décary faisait pour
fermer l'œil, la nuit, quand je quittais ses draps
avant de rejoindre ma femme.

En plus des secrets qui avaient commencé à
chacun nous gangrener, je devenais accro à cette

forme de tension entre nous, ne pouvant imaginer ma vie sans ces querelles et sans nos retrouvailles.

Éreintée de livrer bataille au quotidien, qu'Adèle en soit un témoin fragile et silencieux, elle est partie pour toujours. Je n'ai jamais pu me sevrer d'elle, continuant de nourrir en moi l'envie de me venger. J'empoignerais sa longue tignasse, tirant de toutes mes forces pour lui arracher la tête. Les scénarios meurtriers comme celui-là se multiplient dans ma tête d'auteur. Ça compense ces romans historiques écrits pour nourrir notre fille de seize ans et ne pas m'affadir en travaillant dans un restaurant comme son crétin de nouveau mari, et parce qu'il ne faudrait surtout pas décevoir mes centaines de milliers de lectrices avides d'historiettes d'amour qui finissent bien. Pour que je reste crédible à leurs yeux, il y a treize ans, il aurait fallu que nous ne nous quittions pas, Louisa et moi. J'étais fier qu'elle figure à mes côtés sur les photos dans les journaux. C'est avec difficulté que j'ai dû justifier mon divorce, en feignant une profonde sérénité dans l'épreuve.

Mais le soir venu, la tête sur l'oreiller, ce que j'ai pu en faire, des rêves dans lesquels je lui arrachais son uniforme d'agente de bord, pièce maîtresse de sa grande mascarade d'honnête femme. Louisa s'était inventé une identité respectable, des

émotions respectables, une maternité respectable.
Tout pour briller socialement et ne jamais éveiller
les soupçons sur le monstre qui grandissait en elle
et qu'elle ne laissait sortir qu'entre nos quatre murs.

Par vengeance, mon ex perdait la raison, devenait machiavélique. La monstruosité tapie en chacun de nous, celle qu'on dompte à notre manière
tant bien que mal, chez Louisa, semblait plus forte,
prête à surgir quand on la décevait. C'est pour ça
qu'elle voulait toujours s'exiler : il lui fallait cacher
son monstre. Le 24 juin, pendant le vol, s'était-il
échappé inopinément ? Je l'imagine capable de
déconcentrer les pilotes pour provoquer la chute
du Boeing. Peut-être que juste avant l'embarque-
ment, elle s'était chicanée avec un des dirigeants
de la compagnie aérienne qui refusait de lui accor-
der quelques jours de congé. Peut-être qu'elle
s'était sentie trahie lorsqu'une autre agente de bord,
plus jeune avait obtenu une promotion qu'elle
convoitait.

Se contrôler devait lui demander une énergie
folle, comme celle déployée lors d'un matin d'automne quand elle avait quitté la maison, verte de
rage en m'entendant complimenter une voisine.
En plus de sa petite valise à mains utilisée pour ses
vols, elle avait rempli le coffre d'un taxi d'autres
sacs et de malles. Adèle n'avait que quatre ou cinq

ans et ne s'était aperçue de rien, mangeant ses céréales devant ses programmes à la télévision.

Cette fois-là, par miracle, aucun cri, aucune remarque haineuse, aucun regard mesquin n'avait été échangé entre Louisa et moi. Ses escarpins étaient marron et rose. Je me souviens du claquement de leurs talons sur le bois franc du vestibule. Un bruit mal assuré. Puis, la portière du taxi s'était refermée. Un son chargé de conviction, celui-là. Je n'ai pas su la retenir.

Après son départ, il y a eu son absence que d'autres ont essayé de combler, allongeant leur corps à sa place dans le lit. D'autres bijoux dans le tiroir de la table de chevet en acajou sont apparus, d'autres brosses à dents à côté de la mienne, d'autres mains que les siennes pour faire des tresses à Adèle, qui voyait moins sa mère et qui refoulait ses larmes pour faire la grande, bien que, devant son petit-déjeuner, cette enfant n'avait pas pleuré en apprenant notre séparation.

Les années ont passé, Adèle a voulu vivre chez sa mère remariée, s'y est emmurée dans sa chambre-sarcophage, victime de cette sorte de maladie mentale qui l'a momifiée, la rendant impassible et incapable de vivre à l'extérieur de ses quatre murs. Depuis la tragédie, je n'ai pas vu ses yeux rougir, sa peau blêmir ou ses jambes maigres ramollir. Rien.

Du vent, de l'air, des espaces de silence qu'elle comble avec les voix des chanteurs populaires qu'elle écoute, rivée à son écran d'ordinateur. Sa maman n'est désormais qu'un souvenir de claquement de talons qui résonnent encore ici. Il faudrait faire soigner Adèle. Adèle qui se protège. Adèle qui vivait jadis avec ses rubans rouges dans les cheveux, ses taches de rousseur sur le nez, sa moue boudeuse, ses mains miniatures qui faisaient des ronds dans l'air. Adèle qui a un jour décidé de rentrer dans sa chambre pour ne plus jamais en ressortir. Avant, des femmes entraient au cloître, aujourd'hui, le même silence pieux a perverti mon unique enfant. Une dévotion pour le virtuel a remplacé celle pour le Christ. Adèle a les yeux de sa mère ; d'une profondeur inoubliable, capables de surprendre, du meilleur et du pire.

Il y a trois jours, en apprenant que sa mère était portée disparue, s'est-elle souvenue comme moi de cette femme qui habitait sur notre rue avant notre séparation, une directrice d'école primaire, mariée, mère de trois fillettes ? Un jour, un très froid samedi de mars, il me semble, elle était partie s'acheter des cigarettes au dépanneur du coin et n'était jamais réapparue. Nul ne l'avait revue depuis. Cinq ou six ans après, l'homme esseulé avait rencontré une autre femme et repris peu à peu ses kilos perdus.

Les traits du visage des petites avaient retrouvé leur douceur angélique et les notes à leur bulletin, regagné la moyenne. Je m'étais demandé comment c'était possible de reprendre le fil de la vie, de recommencer à dormir, manger, étudier, faire l'amour, après une telle disparition. Est-ce qu'il ne s'était pas senti traître en continuant sans elle?

Au cours des mois qui avaient suivi, chaque fois que l'histoire de cette voisine revenait à table, Louisa avait pris sa défense. «Il faut bien disparaître. Il faut bien que tout s'achève un jour», s'était-elle exclamée sur un ton neutre. Sur le coup, je n'en avais pas été étonné. En y repensant, j'aurais dû m'inquiéter.

Lise Dugas-Vanier

Elle n'est pas morte. Elle reviendra. Son corps sculpté dans mon ventre de jeune femme, il y a trente-huit ans, n'a pas été retrouvé, alors que d'autres l'ont déjà été : décapités, bleutés, gonflés ou calcinés, repêchés à côté de valises éventrées, de pièces de tôle, de vestes de sauvetage et d'objets disparates.

Et peut-être même qu'un autre homme que son mari touche en ce moment même sa chair intacte sous des draps de coton. Elle a décidé de tout quitter à la meilleure occasion pour vivre ailleurs. C'est ainsi que tout est arrivé. Je le sais. Les mères sont dotées d'intuition, elles ressentent ce qu'il advient à ceux qu'elles mettent au monde. C'est comme si un fil invisible nous liait à notre progéniture

jusque dans l'éternel, que rien ni personne n'arriverait à rompre.

Si ma Loulou était morte, j'aurais passé mes
récentes nuits à rêver d'elle. C'est plutôt noir et silencieux. Des crampes au ventre m'auraient assail-
lie. Mais je perçois encore son souffle et les échos
de sa voix, que je saurais distinguer parmi cent
autres. Bien que ça puisse sembler occulte, est-ce
assez pour convaincre la terre entière de la survie
de mon enfant?

Elle reviendra.

Ma Loulou est capable de mener en bateau
l'univers au complet, de le faire dériver pour éviter d'avoir à justifier ses décisions. Petite, elle n'en
faisait qu'à sa tête bouclée, désireuse de partir, toujours partir, jamais heureuse nulle part. Louisa
n'a jamais voulu être là où ses pieds se posaient.
Rien n'était assez vaste, assez coloré ou odorant
pour qu'elle habite le monde. Le ciel, toujours.
L'envie d'y être, même si, dans son métier, c'était
pour servir des voyageurs impatients d'arriver à
leur destination.

Petite, elle pouvait rester des heures couchée
dans l'herbe derrière la maison, le visage tourné
vers les nuages, l'air extatique, imperturbable,
même à l'heure de *Passe-Partout*, quand les carrés
de sable avoisinants se vidaient à la hâte. Elle se

lassait des jeux avec les autres enfants, des émissions à la télévision, de notre présence et de celle de sa petite sœur, qui aurait tant voulu lui plaire. Louisa se détournait des activités terrestres pour rêvasser en solitaire. Même l'hiver, je me rappelle qu'elle creusait dans la neige des trous assez profonds et larges pour y nicher son corps emballé comme une momie dans ses habits de neige. Ainsi à l'abri des vents et des regards extérieurs, elle dirigeait parfois son index vers le haut, semblait tracer dans l'air une route imaginaire qui lui permettrait un jour de s'élever, de s'extirper de ce monde protégé et ouaté. Un monde qu'on lui construisait pourtant pour lui assurer un bel avenir. Il y avait tant de cavités sur le terrain de la cour arrière qu'on aurait pu croire qu'une bande de lapins géants s'y était fait des terriers. Son père et moi avions jugé cette manie si étrange que, inquiets, nous l'avions emmenée vers ses douze ans voir un psychologue, qui lui avait diagnostiqué une « misanthropie juvénile ». Cette expression, utilisée pour parler de ceux, généralement des préadolescents, qui se terrent dans des petites enceintes de confinement creusées par eux-mêmes pour éviter le contact des autres et gagner ainsi une paix intérieure, nous avait fait sursauter, Robert et moi, et nous avait fait remettre en doute nos méthodes d'éducation.

Nous avons toujours désiré que Louisa vive dans une demeure bienveillante, que rien n'entrave la routine de son quotidien et qu'elle marche dans le même chemin que les autres, à la même cadence, qu'elle ne brille pas trop, qu'elle ne reste pas trop repliée sur elle-même non plus. J'ai voulu qu'elle soit capable tantôt de s'isoler en silence pour lire, tantôt d'inviter des amies à regarder des films au salon avant d'aller étudier ses leçons, assise en tailleur sur un couvre-lit aux motifs floraux. Je l'ai imaginée aux côtés d'autres filles droites qui parleraient plus de la mode et des derniers albums de leurs formations musicales favorites que d'envies folles et dévergondées. L'idée que mon enfant puisse se créer des rêves plus ou moins réalisables me terrorisait. S'il fallait qu'elle n'y parvienne pas, que son dos ne réussisse pas à supporter le poids de ses échecs ?

Il me semble préférable de ne pas déroger d'un droit chemin sécurisant pour tout le monde. En s'espérant peut-être ailleurs, en voyage ou avec des gens qui ne nous ressembleraient jamais, à son père et moi, elle restait en marge, et bien sûr, nous en sommes venus à appréhender l'adolescence qui allait suivre.

Plutôt que de s'enfermer dans sa chambre, comme nous l'avions craint, Louisa ne voulait plus rester entre nos murs. Il a fallu resserrer la vis, barrer les portes, cacher les clés, augmenter la surveillance pour éviter qu'elle fugue, la mine butée, avec ses yeux de louve et la démarche chaloupée qu'elle présentait déjà. J'ai failli à ma tâche. Une mère doit apprendre à son enfant comment se fondre dans le monde, trouver son moule, s'y blottir sans chercher les issues, accepter une posture conforme sans poser de question. Pourquoi ne s'est-elle pas contentée de ce qui lui était offert en naissant chez nous, en se nourrissant de mon pain, en portant les vêtements que je lui confectionnais, en portant ce prénom offert par son père et qu'elle a si souvent voulu changer?

Plus elle se sentait étrangère avec nous, plus je devenais aigrie, inadéquate. J'ai fait couper mes cheveux, mes joues se sont creusées, j'ai cessé d'être coquette et de me mêler aux autres. Je suis restée en retrait à attendre la mort à quarante, cinquante, soixante, bientôt soixante-dix ans. J'ai longtemps espéré le retour dans le rang de mon enfant rebelle, sa présence auprès de moi pour que nous nous trouvions semblables dans le miroir, dans nos agissements, travers et passions. Rien en elle ne parle de moi. Nos langues étrangères me confirment l'échec de cette maternité. Quand elle réapparaîtra dans l'embrasure de notre demeure, je lui

demanderai pardon. La porte est débarrée en per-
manence. J'ai peur qu'elle n'ait plus sa clé. Je lui
dirai alors que j'ai enfin compris ses choix, que
j'accepte qu'elle soit une agente de bord. J'avais si
peur des risques qu'elle courait chaque fois qu'elle
montait à bord des avions, où elle travaillait sans
jamais avoir l'air de craindre les tragédies…

Elle a peut-être raison d'avoir eu envie de tout
laisser derrière elle. Qui n'a jamais rêvé de se choisir un nouveau nom, une autre coupe de cheveux,
une profession différente, une famille nouvelle, de
se refaire, de réécrire l'histoire qu'on veut bien s'in-
venter et d'oublier tout ce qui a précédé ?

Existe-t-il seulement une potion magique ou
un guide pratique pour oublier le visage de notre
progéniture, la voix un peu basse de l'une, les bras
tendus vers soi de l'autre, si petite encore, l'odeur
de la peau de l'amoureux, le ronronnement du
chat ?

Nul ne saura où se trouve ma fille, peut-être
dans ces îles Canaries dont elle rêvait depuis qu'elle
avait appris leur existence dans un documentaire
animalier. D'abord, petite, elle avait aimé la réfé-
rence aux oiseaux, ses bêtes préférées, puis, l'idée
qu'elles aient commencé à émerger des fonds de
l'océan à la suite de l'activité magmatique il y a une
vingtaine de millions d'années ajoutait à sa fascina-

tion pour cette région volcanique du monde. C'est sur cette terre vibrante, chargée et imprévisible, qui lui sied bien, qu'elle entend peut-être parler de la tragédie aérienne, qu'elle ravale ses larmes en se disant qu'il y a d'autres personnes à aimer dans sa nouvelle vie.

La résilience lui va autant qu'une robe de soie noire. Nul besoin d'ajustements, de coutures ou de reprisage. La robe de soie noire. Carlo me l'a confirmé, elle n'est plus dans sa penderie. Elle l'avait emportée dans ses bagages pour s'établir ailleurs. Pour se montrer à d'autres que nous. Elle reviendra. Ce qu'elle doit bien paraître, enveloppée dans ces précieux tissus... J'aurais aimé qu'elle défile devant moi comme lorsqu'elle était fillette et que je venais de lui acheter de nouveaux vêtements. Elle reviendra.

Chaque fois qu'elle nous quittait, adolescente, elle réapparaissait, nous déversant son chapelet de reproches. Je devais retisser les liens, la garder plus près. Elle se défaisait de mes étreintes, qu'elle ne voyait pas comme des caresses, et repartait, puis revenait enfin. Elle est devenue mère. Une mère ne part jamais complètement, incapable de relâcher sa prise sur ses rejetons.

Malgré la peine et les regrets, depuis sa disparition, je ressens cette vague impression d'exister de nouveau, de sortir d'un coffre de cèdre et de sentir les boules de naphtaline. On m'observe, dissèque mes gestes quand je sors pour aller chercher mes médicaments à la pharmacie ou des aliments au supermarché. Les gens m'arrêtent pour m'offrir leurs condoléances, d'autres qui me parlaient auparavant m'évitent, changent d'allée ou restent anormalement concentrés devant les jarrets d'agneau, les pots de yaourt ou les pintes de lait. Les plaies invisibles de l'endeuillée horrifient plus l'étranger que celles pourtant apparentes du lé- preux. D'un autre côté, je sais que ces êtres fascinés s'endorment avec mon visage gravé dans leur mé- moire. Puis, quand ils se sentent vaguement tristes ou contrariés, ils pensent à Louisa et à moi pour consoler leurs misères. J'aimerais hurler le plus fort possible que ma fille vit, l'écrire en lettres majus- cules sur la devanture de la maison, en parler aux journalistes sans qu'ils se sentent obligés de couper ma déclaration au montage de leurs reportages sur l'écrasement.

Si j'en suis à vouloir crier, Robert, lui, ne parle plus. Il s'est tu le 24 juin, n'a plus jamais rouvert la bouche et vit comme moi, en apesanteur, dans l'attente d'un coup de fil, d'une information. Il dé- coupe les articles des journaux faisant état des faits, les colle sur la porte du réfrigérateur, apprend par cœur le nom des premières victimes identifiées, les classe par ordre alphabétique, espérant qu'à travers la photo de cette Parisienne qui, raconte-t-on, venait pour le mariage de son fils cadet, ou de cet autre voyageur, qui avait hâte de prendre dans ses bras sa petite-fille née la veille, il puisse découvrir où se cache sa fille.

Je cherche à le rassurer en lui murmurant qu'elle n'est pas loin. Il m'accuse de faire du déni. Je lui parle de ces îles Canaries, il m'accuse d'être devenue folle. Je continue de manger, de digérer, de dormir, il m'accuse d'égoïsme. Elle reviendra. Oui. Elle reviendra dans sa robe de soie noire. Tant que je ne toucherai pas sa dépouille, que je ne recouvrirai pas son cercueil de la première pelletée de terre, nul ne saura me convaincre que ma fille ne vit pas en exil. Mais je suis seule avec mon rêve. Un fossé me sépare de mon mari, à qui on se plaisait à trouver des ressemblances avec Roger Moore. C'était l'incompréhension quand, en 1949, il avait fait la grande demande à la jeune fille la plus commune du village de Saint-Jean-de-Matha. Celle qui, en souliers plats, vêtue de robes sans grâce, faisait partie des femmes courtisées sur le tard, quand les plus jolies avaient déjà convolé en justes noces. Lui qui venait de passer une partie de son adolescence hospitalisé pour des épisodes de fatigue mentale avait vu en moi, sage et posée, le repos tant espéré pour fonder une famille.

Bien élevé à la dure sur une terre agricole, Robert Vanier m'avait fait, dans les règles, ses promesses devant l'autel. Louisa et Julie-Anne sont arrivées roses et joueuses. Ça lui suffisait. Peut-être n'avait-il juste pas assez d'imagination pour rêver mieux. Dieu soit loué, Robert ne s'est jamais plaint. Il lui arrivait même de me rapporter des fleurs du marché, le dimanche, sans avoir rien à se faire pardonner, à l'exception inavouable de jouer au quotidien un rôle de composition qui allait l'enfermer dans la même routine dès le saut du lit.

Je l'observe depuis toutes ces années s'extirper de nos draps, glisser ses pieds dans ses pantoufles brunes en vieux velours crasseux, se redresser le dos, marcher vers la salle de bain adjacente, s'asperger le visage d'eau fraîche, se regarder. Certainement se convaincre pour la millième fois qu'il faut continuer, qu'on a juré fidélité, qu'on a un ciel à gagner, qu'il ne faut pas décevoir. Pourtant, depuis la perte de Louisa, je perçois la faille, infime craquelure dans le parfait portrait. Cette hésitation dans la voix, cette gestuelle moins assurée, ce teint plus blafard qu'à l'habitude, cette cravate moins serrée au cou. Robert implosera, et je n'aurai pas assez de mes deux mains pour tout ramasser. Peut-

être que, comme de sa fille adorée, on ne retrou-
vera rien de lui. Je serai seule avec ma souffrance,
à ramasser les souvenirs épars de ceux qui m'auront
quittée. N'est-ce pas toujours un peu comme ça
que les humains traversent l'ici-bas?

Robert Vanier

« Les avions permettent aux gens d'aller déposer leurs chagrins sur les nuages. » Elle venait de tomber du vélo dont j'avais retiré les petites roues à sa demande. Je me souviens du siège banane et de cette clochette qui réveillait tout le quartier les fins de semaine quand elle zigzaguait, souveraine sur sa monture, le dos bien droit et l'air déjà très décidé. Sa chute sur l'asphalte chaud de juillet avait fait un fracas que reconnaissent tous les parents qui ont regardé leurs rejetons partir, maladroits et survoltés, sur leur petit bolide, s'abandonnant à une rue et à tous ceux qui y circulent. Son genou droit saignait, et quelques cailloux s'étaient logés dans sa plaie, aggravant chez ma fille l'idée que c'était très, très alarmant, qu'il faudrait peut-être lui couper la jambe. Je l'avais hissée sur mes épaules pour qu'elle puisse voir un avion survoler le ciel, laissant sur son passage une trace blanche. Ses sanglots avaient cessé d'un seul coup. Elle s'était frotté les yeux avec ses poignets, une manie qui l'a suivie toute sa vie, et son visage était devenu songeur et sérieux à cet instant précis, inondé d'une lumière qui avait mûri ses traits, comme si elle venait d'atteindre l'âge adulte en l'espace de quelques secondes. En parlant, elle effleurait de ses minuscules doigts mes cheveux déjà clairsemés, les lissant sur mon crâne. J'aimais ses gestes imprécis et non calculés, cette désinvolture propre à l'enfance, quand on agit sans se soucier du regard de l'autre sur soi, sans imaginer la possibilité d'un jugement à notre égard. Ses touchers me chatouillaient et m'apaisaient. Je refuse de me calmer à l'ombre d'un seul souvenir. Je me demande combien d'images de mon enfant il faudrait pour la reconstruire dans sa totalité, la remettre au monde quand je m'endors avec elle dans mes songes. Malgré un grand effort de concentration, on finit toujours par oublier un détail de nos morts. Le travail du temps pâlit ce qu'on veut conserver dans son intégralité ; une cicatrice sur le front, la ligne exacte d'un tatouage sur une nuque dégagée, un grain de beauté sur une cheville fine ou une manière de battre des cils en parlant.

J'aurais dû tout quitter et partir avec mes filles alors qu'il était encore temps ; prendre un billet de train pour les provinces de l'Ouest, nous installer au pied des montagnes, les inscrire à une nouvelle école, dans un nouveau quartier modeste et convivial, trouver un travail banal, me foutre des apparences, tout recommencer pour nous rescaper avant que l'aînée fasse plus tard le choix de vivre dans les airs. Lui offrir cet air à profusion, l'air et la terre à perte de vue pour courir, tomber, se relever, jusqu'à s'éreinter et avoir toujours envie de repasser le seuil de notre porte. Les bungalows cordés, les abris Tempo, les gazons vert fluorescent, les règles parentales, l'écho des discussions hermétiques du voisinage, celui des filtreurs de piscine hors terre, tout ce qui en règle générale rassure les enfants, la poussait, elle, vers la sortie. Bien sûr, à cinq, huit ou douze ans, on ne met pas de mots sur le malaise qui grandit, sur cette impression d'étrangeté qu'inspire le quotidien qui va de soi pour tout le monde. Mais toujours, en sourdine, la voix de sa conscience lui répétait qu'il y avait mieux ailleurs, une place à combler dans cette bohème qu'elle n'aurait pas su épeler. La fois où, maladroite avec son vocabulaire enfantin, elle nous avait dit ne pas se sentir à sa place dans son foyer familial, nous l'avions traitée d'ingrate et de prétentieuse. Elle s'était tue, obsédée par l'idée de désormais s'éloigner du droit chemin, d'emprunter plus tard la vie aérienne comme exutoire à la banalité. Et qu'est-ce qu'elle pouvait me reprendre bêtement quand j'employais le titre d'hôtesse de l'air en parlant de son métier… « Agente de bord », me rappelait-elle sèchement en articulant exagérément les mots.

Elle n'aura pas eu assez d'une seule vie comme membre du personnel aérien pour, vol après vol, aller déposer toutes ses peines sur les cumulus. Et les miennes aussi. Quelque part perdus en Colombie-Britannique ou en Alberta, nous n'en serions pas là. Cette enfance sans saveur ceinturée de barrières pour freiner ses élans de jument sauvage a eu tôt fait de lui donner envie de partir. Partir tout le temps, passer par-dessus ces obstacles, quitte à s'égratigner, à se ficher des échardes dans la peau ou à s'électrocuter, et porter en bandoulière l'espoir que de l'autre côté, tout serait guéri.

À l'été 1995, elle n'avait pas tout de suite aperçu mon grand corps désarticulé posé en travers du lit. Ça demeure flou, mais je pense l'avoir entendue jurer en me secouant avec fébrilité. J'entends encore son souffle saccadé dans mon oreille, puis ses pas rapides sur les lattes de bois, le bruit d'un combiné qu'on soulève de son socle. Je m'étais réveillé à l'hôpital. Louisa était blanche. J'ignore encore à ce jour ce qu'elle a fait en m'apercevant. Aux autres, même à ma femme, on avait parlé d'une intoxication alimentaire. Pour éviter de faire peur aux autres, on en avait fait notre secret. Puis, j'avais promis de me guérir de mes souffrances. En vain. Je vivrais encore en ravalant tout, en demeurant faux, étouffé sous un masque tout sourire, le cœur à l'envers de m'être montré vulnérable devant ma fille, écorchée elle aussi.

Plus tard, j'ai eu peur qu'elle ait à vivre avec les séquelles de cet événement demeuré tabou, tapi au fond de nous deux.

Je croyais que, par bonheur, la maternité l'avait sauvée à son tour, atténuant la mélancolie perpétuelle qui l'avait rendue plus belle au fil des années, voilant de gris la couleur naturelle de ses yeux. Le 24 juin, mes peurs sont revenues en même temps qu'est survenu le silence de sa disparition. Devenir parent, aimer avec déraison, c'est cher payé pour ne plus jamais dormir en paix.

Où qu'elle soit, Louisa me garde à l'œil, un sourcil en accent circonflexe, les lèvres serrées, l'index pointant dans ma direction comme pour me ramener à l'ordre, à la vie.

Depuis l'écrasement, ça me rassure de réanimer cette vision romantique de ma Loulou dans son tailleur d'agente de bord, le chemisier plus déboutonné que lors de ses vols, un verre à la main, étendue et décontractée sur le pont du bateau de croisière qui l'aurait sauvée des eaux. Ma fille vit, rit, aime, mange et séduit. Ma fille au teint hâlé est une sirène dont je suivrai les écailles tombées au sol pour trouver mon chemin jusqu'à elle. Que récupéreront-ils d'elle? Un bracelet en or, un bout de mâchoire, son fémur droit, une page déchirée de son passeport?

Dans l'attente de nouvelles, rivé à mon téléviseur ou le cellulaire à la main, je suis un vieil homme chauve et ridé qu'on ne voit pas et qui se cherche maints menus travaux domestiques pour se donner un semblant de contenance. C'est elle qui rosissait mes joues en apparaissant sans prévenir avec des sushis pour deux dans l'embrasure de la porte, avec mon petit-fils collé contre elle dans le porte-bébé, ou précédée de son aînée qui lui ressemblait trop pour que je puisse encore la regarder sans m'effondrer. Tout me ramène à elle: un vieux hit de Bob Dylan, une odeur de vanille, un chant d'oiseau, un maillot de bain bleu, une chatte espagnole, un plat de pâtes au gorgonzola, un verre du sancerre qu'elle affectionnait, *La guerre des tuques* en reprise, le bruissement du vent, une publicité d'antihistaminiques, la voix d'un animateur de radio, le film d'un réalisateur qu'elle exécrait. Ça ne va pas. Je cherche mon air. Je ne pourrai plus tenir debout très longtemps. Envie prenante de destruction. Commencer par les autres et finir avec moi. Je veux tout faire sauter. Je ravale ma respiration avec une douleur lancinante dans la poitrine. Pressentiment qu'il ne m'en reste plus pour longtemps.

Juste avant, rester droit et efficace dans la gestion de crise : regrouper les articles sur l'affaire, suivre l'enquête, rassurer mes petits-enfants, prier pour qu'on nous rapporte un bout d'elle et casser enfin l'interminable attente. Prier pour que ma femme devenue étrangère se raisonne, qu'elle cesse de croire sa fille vivante quelque part dans ces îles Canaries.

Un jour, je reprendrai ma Lise, je la serrerai fort dans mes bras et je nous réinventerai. On a tous une seconde chance, et il faudra la saisir. Dans l'attente, je n'ose même plus la regarder dans les yeux de peur de ranimer la discussion, de nous entendre répéter les mêmes phrases de consternation, de pleurer ensemble dans la chorale avilissante des parents endeuillés. La toucher, ne serait-ce que de déposer ma main ou ma tête sur son épaule, me semble pire encore.

J'ai perdu l'envie d'être dans l'action ici en sachant que c'est en mer que tout se passe, dans une soupe de pétrole et de tôle, hors de mon atteinte.

Pleine d'hommes-grenouilles pour retrouver mon
enfant perdue qui a désormais tous les âges et aucun en même temps. Elle n'a plus de sexe, plus de
chair, plus de squelette, plus d'odeur. Sa voix n'est
déjà plus très claire à mes oreilles, un peu éraillée.
J'aimerais faire de l'Alzheimer, que le prénom de
Louisa n'évoque rien, un mot banal qui se termine
par une voyelle, je me demanderais à voix haute si
une « Louisa » est une race d'oiseau ou la marque
d'un stylo à bille.

C'est moi qui ai choisi de l'appeler Louisa. Un
hommage à ma sœur Louise, sa marraine décé-
dée d'un cancer il y a plusieurs années, et à Liza
Minnelli. Mais je ne suis qu'un simple Robert Vanier,
cadre dans une entreprise de location de voitures.
Un bon bougre de Robert Vanier. Le voisin Bob,
ancien beau gosse, charmeur impénitent. Le Bobby
à ses frères et sœurs, tous devenus si occupés qu'ils
attendent les enterrements pour sortir de leur vie.

Je les reverrai bientôt.

Tiens, si on retrouve ma fille et qu'on enterre
ses restes, ils me diront que je n'ai pas pris une ride,
en me serrant fort la main gelée. On me mentira.
Ils s'en reparleront entre eux plus tard sur le chemin du retour. Puis, on se promettra de se revoir,
on me dira qu'il faut se soutenir dans les temps
durs.

Comme on m'oublie toujours, j'aime mieux vivre à travers mes filles, tout leur donner, me ranger derrière elles, me tasser dans le coin, faire le bon mari qui ne prend pas de risque.

Si Steve Jobs a inventé le Mac, si on envoie l'humain dans l'espace, je me plais à imaginer qu'il doit exister dans un laboratoire quelconque une formule chimique permettant de dissoudre la mémoire dans les synapses sans que le reste du cerveau n'en soit affecté. Vous savez, le genre de médicament qui fait que, soudainement, un amoureux n'a jamais existé, un enfant n'est jamais mort, un train n'a jamais déraillé, un avion ne s'est jamais écrasé. Un seul cachet pour qu'un événement soit anéanti dans les pensées d'une personne traumatisée. Le souvenir glisserait alors sur la conscience, n'aviverait pas de sensations de tristesse. La vie continuerait ainsi, douce et légère. Le vin se chargerait d'édulcorer le reste pour qu'aucune douleur ne subsiste. La virginité éternelle des émotions pour que la candeur résiste à tout.

Cette envie de m'alcooliser me pourchasse. Ce coup-ci, j'ai le meilleur des prétextes pour m'aviner. Je le ferai à sa santé. Il est où déjà, ce bar où ma fille aimait décrocher de son quotidien ?

Aurélien Simon

Antoine devait arriver seul. Tout aurait été plus simple aujourd'hui. Mais Louisa l'accompagnait. Ils descendaient tous deux du même vol en provenance de Montréal. Bon gaillard avenant, il avait proposé à sa collègue hôtesse de l'air de venir à cette fête d'anniversaire dans le huitième plutôt que de passer la soirée en solo dans sa chambre d'hôtel. Habile en société, Louisa s'était vite intégrée aux invités, passant d'une personne à l'autre, comme si elle avait toujours fait partie du groupe de copains. Comme si elle avait su que quelqu'un était sur le point de changer sa vie. Peut-être que ces choses-là se ressentent, que c'est ce qui fait que, malgré un voyage de huit heures à bord d'un Boeing, on

décide de combattre le décalage horaire et de
rester dans une fête remplie d'inconnus français.

Je l'observais du coin de mon œil trop petit
pour y faire entrer tout ce que je notais en silence à
son sujet : ses hochements de tête en parlant, le re-
flet de la lueur d'une chandelle sur sa chevelure, sa
nuque dégagée, les trois rangées de perles noires à
son fin poignet droit, le frottement de son index
contre ses tempes, cette bague à son annulaire. Le
gauche. Habituellement, une alliance aurait suffi à
me faire regarder dans une autre direction ou quitter un peu bourré la soirée. Je n'avais jamais été de
ceux qui se battent pour une femme.

Jamais avant cette soirée automnale, il y a
quatre ans. Je mourais d'envie d'entendre le son de
sa voix, n'en percevant même pas l'ombre d'un fi-
let, enterrée par la musique et les paroles des autres,
soudainement devenues insignifiantes. Il me fallait
connaître son prénom, le nom de sa rue, sa date de
naissance, sentir son grain de peau, me permettre
d'imaginer une attirance réciproque en surprenant
ses joues s'empourprer. De plus en plus molles,
mes jambes, elles, voulaient fondre et se déverser
entre chacune des lattes du plancher. Il m'a semblé
que ma faiblesse à son égard devenait une évidence
gênante, que mon corps se gonflait d'émotions, et
que si elle osait m'approcher, j'exploserais comme

ces ballons remplis d'eau qu'enfant, avec les cousins, on s'amusait à crever sur le bord de la Seine.

J'étais en train de me demander s'il n'était pas préférable de courir jusqu'à chez moi plutôt que de rester en pâture dans le décor de ce qui commençait à devenir une scène clichée de mauvaise comédie romantique, quand elle m'a tendu la main, le sourire moqueur, tellement sûre de ses charmes. J'ai juste éclaté de rire, bafouillé des excuses pour l'humidité de ma paume, l'essuyant sur mon jeans. Louisa s'est esclaffée de plus belle en voyant mon malaise. Je ne me suis pas évanoui. J'ai repris mon souffle, bu quelques gorgées rapides de vin.

Puis, tout s'est passé en trois heures à peine. Cette femme un peu plus âgée que moi, plus étincelante, plus drôle, plus voyante, enrubannée de superlatifs, a accepté de me suivre dans mon studio du quatrième. On a fait l'amour, elle a promis de revenir lors d'un prochain vol, on s'est écrit, elle est réapparue, on a refait l'amour, on a partagé des repas, des réveils, une moitié du lit, une brosse à dents, des tiroirs de vêtements…

Il y avait l'autre, son mari, au Canada, et moi en France. Mais je ne ressentais pas de jalousie. Je vivais avec Louisa quand elle s'arrêtait ici et sans cet homme là-bas qu'elle aimait, ma présence à

moi n'aurait pas eu la même signification. Je savais
pourtant qu'un jour, il faudrait lever le rideau, que
ça viendrait au programme comme un virus incurable, mais non, pas maintenant. Maintenant n'arrivait jamais. Alors, sans trop s'en rendre compte, on
s'est inventé une vie à deux, des habitudes, une com-
plicité d'amoureux. Je crois que penser qu'une vie
cachée, sans attaches et improvisée, l'attendait toujours de l'autre côté de l'océan lui permettait de
souffler et de continuer chez elle, sans étouffer sous
le poids des contraintes de sa vie de mère, d'épouse,
de sœur, d'aînée, d'amie, auxquelles elle ne pouvait
plus se conformer, tant la perfection qu'on attendait
d'elle était grande. C'était suffisant pour qu'elle se
convainque de ne pas se culpabiliser pour cette
double vie qu'elle dissimulait avec une rigueur
exemplaire, incapable d'imaginer la peine de ceux
qu'elle aimait s'ils apprenaient ses exils rédempteurs.
Pour ne jamais la perdre, je respectais si bien la nature confidentielle de nos rapports que je me mon-
trais tout aussi discret qu'elle, la rappelant même à
l'ordre si je la sentais plus négligente à cet égard.
Louisa disait que j'étais « l'ange blond » qui assurait
paradoxalement sa pérennité et celle de sa famille.
Ça me convenait d'être nécessaire à cet équilibre.

    Bien que très épris de Louisa, à Paris, j'avais
mes amis, des fonctions importantes au travail, un

rythme de vie enivrant animé de fêtes, de bouffes arrosées et de voyages ici et là. J'étais libre, je ne prévoyais rien, je vivais sans essayer de voir trop loin devant. J'aurais pu filer à ce rythme jusqu'à mon dernier souffle. J'aurais pu, s'il n'y avait pas eu cet appel de Louisa, il y a trois ans. Elle m'annonçait qu'elle attendait un second enfant, et qu'en fonction de son cycle et de ses dernières escapades ici, ce bébé risquait fort d'être le mien. Elle avait décidé de mener à terme sa grossesse coûte que coûte et de me tenir toujours au courant. Il n'était pas question qu'elle quitte son mari ni qu'elle lui parle de nous deux. D'après elle, ça n'allait rien changer pour moi.

Une fois le choc de la nouvelle passé, on a continué à se voir. J'ai même caressé son ventre, qui commençait à s'arrondir. En congé de maternité, elle a cessé de venir durant quelques mois. À la naissance de l'enfant, des photos me sont arrivées par e-mail. Chaque semaine, il me semblait qu'Enzo me ressemblait de plus en plus. Il y a quelques mois, alors qu'il venait d'avoir trois ans, avec ses cheveux blonds presque blancs, ses yeux bleus et ses traits fins, ça m'a semblé plus clair que jamais. Et moi, je m'étais attaché à cet inconnu qui ne mesurait même pas un mètre, j'avais cherché à tout savoir le concernant : la couleur de sa chambre, son jouet favori, sa relation avec sa grande sœur ou son plat préféré.

Quand Louisa venait me voir, elle m'apportait des dessins du petit, m'en parlait en détail. La dernière fois qu'elle a séjourné chez moi, elle m'a même promis de l'emmener ici pour que je fasse sa rencontre. Je lui avais acheté une peluche, un ourson à lunettes tenant un ballon de football. J'avais hâte de le prendre dans mes bras, de sentir son cou, de l'embrasser. Savoir que Carlo était un père exemplaire, qu'il ne semblait pas avoir de soupçons quant aux origines véritables de son rejeton, me rassurait. L'équilibre qu'on s'était créé, Louisa et moi, n'échappait pas à notre contrôle, et les années allaient pouvoir continuer de s'accumuler en enterrant notre secret sous leur nombre.

Comment ce Carlo a-t-il fait pour ne pas voir ? Louisa disait que son mari n'aurait pour rien au monde voulu compromettre l'avenir de leur cellule familiale, que son fils, sa femme et sa belle-fille Adèle étaient ce qu'il avait de plus précieux. Carlo n'était pas aveugle, pas idiot, pas dupe. Carlo avait la famille dans le sang, et l'espoir de la voir grandir était plus fort que tous ses doutes réunis. Je crois que cet amour immense à son égard, Louisa n'aurait jamais pu s'en affranchir, que c'est ce qui l'aidait à tenir bon. Jamais elle n'aurait quitté Carlo. Longtemps, elle serait venue se ressourcer chez moi. On était donc tous liés avec des fils aussi fragiles que de la soie, mais capables de supporter le poids des suspicions. On se pensait alors à l'abri de tout. On l'était. Jusqu'au 24 juin dernier.

Ce jour-là, comme on n'avait pas pu se voir durant sa courte escale, je prévoyais de faire livrer un colis à l'attention de Louisa au siège social de sa compagnie aérienne. Parfois, il s'agissait de livres introuvables chez elle, de foulards ou d'objets pour Enzo. Passant tout près des terrasses débordantes de rires, j'avais humé l'odeur de tabac mêlée à celle du pain grillé, m'étais désolé de ne pas pouvoir partager ce moment avec elle.

Quelques heures plus tard, en apprenant la nouvelle d'un crash aérien au Canada, j'ai pensé qu'il pouvait s'agir de son vol. Ça ne pouvait qu'être elle parmi d'autres corps et objets divers flottant à la surface de l'eau sur cette photo. Je ne me souviens plus de ce que j'ai fait ensuite, mais ce jour de torpeur ne s'est jamais terminé.

J'attends qu'on la nomme au nombre des victimes. J'attends que la photo de ma belle hôtesse de l'air apparaisse sur à l'écran de mon téléviseur. Je vis sur mon lit dans mes draps avec mon ordinateur pour ne rien perdre des parcelles d'information grappillées ici et là, au fil des discussions et suppositions élaborées sur les réseaux sociaux. Les heures passent. Une langueur s'installe dans mon studio, ne me permettant plus de différencier le jour de la nuit.

Il me vient à l'esprit qu'acculée au pied du mur, qu'incapable d'avouer les origines véritables d'Enzo et sa liaison avec moi, Louisa ait souhaité tout faire sauter. Oui, dans l'attente des résultats de l'enquête sur les causes de l'écrasement, c'est étrange, mais c'est à cette théorie que j'adhère comme un pauvre type. Peut-être que c'est ce que j'aurais fait à sa place. Ça m'aidera à assombrir le portrait que j'ai d'elle dans ma tête, et en la détestant un peu, je ne déploierai pas d'effort pour prendre contact avec mon enfant élevé par ce restaurateur italien. Pourtant, il est là, à quelques milliers de kilomètres, à un coup de fil près, avec un soupçon du parfum vanillé de Louisa encore accroché à une courte mèche pâle.

Adèle Vanier-Clément

Cette année, le jour de mes seize ans, j'avais fait le vœu que ma mère devienne une mère plus normale. De celles qui se lèvent tôt pour faire les lunchs de leurs enfants, qui se coiffent en sifflant devant le miroir de la salle de bain avant de partir, d'aller travailler dans un bureau autour de 7 h 30, pour ensuite rentrer en fin de journée afin de préparer le souper autour de 17 heures. Plus question d'entendre le bruit des clés cherchant la serrure dans la nuit, de sentir l'haleine empestant l'alcool. Le glissement des roulettes de sa valise sur les lattes du plancher de bois me réveillait. C'était malgré tout rassurant, cette cacophonie maternelle. Je l'écoutais ensuite durant une vingtaine de minutes pianoter sur son clavier d'ordinateur, puis, le type de son électronique changeait, elle s'attardait sur son téléphone portable, envoyait des textos. J'essayais d'imaginer ce qu'elle écrivait et à qui ses mots étaient destinés. L'heure d'après, elle ronflait, et ça résonnait dans toute la maison, comme des réacteurs d'avion. Elle se défendait, gênée, en prétextant qu'à force de travailler comme agente de bord, ces bruits s'étaient nichés dans son subconscient. On éclatait tous de rire en pensant à ce pauvre Carlo qui devait s'endormir avec des bouchons orange comme ceux qu'utilisent les gars des chantiers de construction. Je les voyais chaque jour sur sa table de chevet à côté d'une pile de livres de recettes.

Depuis l'écrasement, je présume que Carlo continue de porter ses bouchons au cas où Louisa reviendrait dans la nuit en faisant glisser les roulettes de sa valise sur le sol. Ce qu'il pouvait l'aimer, ma mère. Même avec ses cadavres dans le placard, avec ses excès de tout. J'imagine qu'ils sont rares, ces hommes qui n'ouvrent pas les tiroirs parfumés de leur femme à la recherche de secrets à dépoussiérer. C'est un de ceux-là que j'aimerais un jour épouser. Comme Carlo. Pas comme mon père, qui fait craquer toutes les filles à l'école. Les enseignantes aussi, d'ailleurs. J'aurais toujours peur qu'on me le vole, pire, qu'on me l'emprunte. Il est comme ça, mon père, il peut être emprunté, il se rend toujours disponible parce qu'il se sait très célèbre, très riche, très intelligent et très beau. Il déteste ma mère, qui l'a un jour quitté, lasse de ses infidélités répétitives. Et puis, ma mère est comme ça, elle se tanne de tout, même quand ça va bien.

Je me souviens d'un certain vendredi soir. Je devais avoir dix ou onze ans. Elle était en vol pour quelques jours. Sans trop de mal, j'obtenais tout ce que je désirais de mon père, comme la permission de regarder des films dans le sous-sol de Camille, qui habitait à deux coins de rue dans une immense résidence. Fascinée par son grand frère Nick, j'étais excitée à l'idée de pouvoir dormir chez elle dans un pyjama choisi pour qu'il me remarque. Alors que nous regardions pour la troisième fois *Film de peur*, j'ai eu envie de rentrer chez moi, prise par une nausée soudaine. Peut-être que c'était dû à tout ce maïs soufflé rose qu'on avait dévoré. Le grand frère de Camille m'avait raccompagnée pour m'éviter de marcher seule dans la nuit. Ce que j'avais pu être gênée de lui imposer mon angoisse enfantine. C'est dans le vestibule de chez moi, à cet instant précis où j'avais senti en lui une déception de me voir rentrer, que des bottes à talons aiguilles noires avaient capté mon attention. Courtes et abîmées, elles ne pouvaient pas appartenir à ma mère. J'avais

alors eu la vision fugitive d'une femme blonde rajus-
tant prestement son chemisier dans le salon adjacent
au vestibule. Elle arborait un air triste sur le divan
collé à une bibliothèque. Les joues de mon père
étaient rouges. Son torse nu. Je me rappelle m'être
dit qu'en hiver, ça ne devait pas être idéal. J'avais
ensuite retenu cette envie de rendre le pop-corn rose
et un peu de mon âme sur le tapis blanc maculé.
Mon père et moi n'avons jamais reparlé de cet événement, et à partir du moment où ma mère a fini
par l'apprendre, je ne pense pas qu'elle se soit elle-
même contentée d'un seul homme.

Cette vision de la blonde mal à l'aise s'était ins-
crite en moi, me donnant cet air préoccupé et déjà
mûr. Survient toujours un moment où l'aura d'un
parent se rompt. À ce moment-là, le bonheur naïf
s'étiole, laissant derrière lui des fragments d'enfance jamais récupérables.

Beaucoup d'angoisse s'est ensuivie. Le quotidien, l'école, les amis, la famille, les cours de ballet
semblaient quand même s'emboîter assez bien les
uns dans les autres, tenir en équilibre sur le fil de
mes jeunes années, jusqu'à ce qu'un matin, il y a
cinq mois, je ne puisse plus quitter ma chambre.
Jamais. Même pas pour aller en classe. Mon père
et Carlo ont bien essayé de venir me sortir de force,
rien n'y fait. Je ne quitte mes quartiers que pour

aller au petit coin. Carlo et mamie Lise laissent des plateaux-repas à la porte de ma chambre. Je passe mes journées sur internet, je lis des romans achetés par ma mère, je reste en pantalons de gymnastique, les mêmes vêtements que je porte pour dormir. Mes rideaux sont tirés. Il m'arrive aussi d'écrire des poèmes. Je ne bois pas, je ne fume pas. Je me garde à l'abri de tout. Le contact des autres me fait peur et me donne mal au cœur. Quand leurs yeux se posent sur moi, c'est pour me blesser. Ils m'avalent tout rond. J'ai peur de contracter leurs virus et toute la saleté qui se loge sur leur corps. Je sais que ma famille prendra bientôt les grands moyens pour m'envoyer dans un hôpital. En attendant, depuis trois jours, tout le monde a d'autres chats à fouetter.

Ma tante Juju est venue me parler à travers la porte de ma chambre. Elle l'a grattée comme le font les chatons avec leurs griffes pour se manifester. Je n'avais pas envie de lui ouvrir. Elle me fait penser à ma mère, et ça me fait mal d'y songer. Il faudrait que Juju change de couleur de cheveux, qu'elle devienne très grosse et qu'elle change de voix, en adoptant par exemple un accent différent copié sur celui des gens du Saguenay. Ainsi, elle ne ressemblerait plus à ma mère. Sinon, la voir me ferait pleurer davantage, et je ne crois plus qu'il me reste de larmes. Est-ce que c'est possible de pleurer

à un point tel que les glandes lacrymales ne réus-
sissent plus à produire de liquide ?

Mamie Lise croit qu'elle a peut-être été rescapée
ou qu'elle n'était pas sur ce vol tragique. Mamie est
encore plus folle que moi. Est-ce qu'elle aimait sa
fille autant que ma mère pouvait m'aimer ? Plus
encore sans doute. Pour virer sur le capot comme
ça, il faut aimer fort, fort, fort.

J'attends un signe de là-haut. J'ai consulté un
site internet qui explique que c'est à l'adolescence
que les facultés médiumniques des gens attein-
draient leur sommet. Ce serait à cause d'une histoire d'hormones et de réceptivité sensorielle. Il
faudrait, paraît-il, penser au défunt en l'imaginant
dans un halo de lumière pour enfin sentir sa présence et l'apercevoir dans la pièce, tout près de soi.
Je n'ai fait que penser à elle et lui parler depuis son
absence. Rien ne s'est passé, à part que la veilleuse
en forme de coccinelle que j'avais gardée de mon
enfance s'est éteinte toute seule. Je crois que ça
pourrait être un signe de sa part. À moins qu'il
faille attendre après la cérémonie funèbre pour
qu'elle puisse apparaître. S'il y a des funérailles, je
ne sais même pas si j'aurai la force d'y aller. À
moins que ce soit possible d'y être par Skype. Il
faudrait commencer par la retrouver dans toute
cette eau. À ce moment-là seulement, elle pourra

retrouver son chemin jusqu'à ma chambre au fil d'un long tunnel aérien. Même morte, elle doit bien se demander comment se porte son bébé Enzo. Elle voudra venir renifler son petit cou encore une fois. J'espère qu'il ne s'ennuie pas trop d'elle, que tante Juju saura lui faire croire qu'elle est sa maman.

Quand il sera en âge de comprendre les affaires des adultes, je lui lirai cette lettre que M. Jipi, le barman de l'aéroport, est venu déposer hier à la maison. Il paraîtrait qu'elle la lui aurait laissée il y a longtemps pour qu'il me la remette à moi, advenant une tragédie comme celle-ci. Je ne comprends pas pourquoi c'est à lui, un inconnu, qu'elle a voulu laisser un message à mon intention !

Mes mains tremblaient quand j'ai décacheté l'enveloppe. Il me semblait que le papier portait l'odeur de ma mère. L'odeur d'une mère ne s'évapore jamais, elle s'agrippe aux petits poils noirs des narines, résiste au passage des années, aux autres senteurs plus musquées. Je parie que je reconnaîtrais la sienne si je reniflais les yeux bandés les nuques de mille femmes à travers le monde.

* * *

Adèle,
chère fille,

Jipi t'a remis ma lettre. Il est gentil, Jipi. C'est lui qui l'avait en sa possession parce qu'il est fiable et droit. Quand je lui parlais à son bar, mes mots étaient en sécurité, en terrain neutre et respectueux. Je me suis dit que s'il m'arrivait un jour de disparaître d'une quelconque façon, il saurait être le messager parfait.

J'aimerais d'abord te raconter de quelle manière ta venue au monde m'a transformée. À ta naissance, la compagnie aérienne pour laquelle je travaillais m'avait fait bénéficier d'un congé de maternité si appréciable que c'est dans une grande sérénité que très tôt, tous les matins, j'attendais ton réveil. Les dernières notes d'une comptine encore chaude au bord des lèvres, je décryptais ton visage auquel s'ajoutait chaque jour une dénivellation, un sillon ou une texture différente à inscrire dans ma mémoire. Où étais-tu avant d'être en moi, puis dans mes bras nerveux? Ton âme occupait-elle le corps d'une comtesse, d'une paysanne, d'une musicienne, de Marilyn Monroe peut-être?

Je sais, j'ai beaucoup d'idées étranges comme celles-là. Beaucoup d'imperfections. Beaucoup de blessures pansées tant bien que mal au fil des années. Certaines ont cicatrisé, d'autres demeurent.

J'espère ne pas te les refiler. Sait-on jamais ce que les mères transmettent à leurs enfants ? Il faudra ensuite que tu expies tout ça, à ton tour, t'allongeant dans un divan devant un inconnu qui te posera des questions. C'est comme ça, je n'y peux rien, et tu m'en vois déjà désolée.

Nourrisson, dans mes bras, tu devinais peut-être mes pensées, ta rose bouche frétillait, et c'était la plus belle moue du monde ! Un sourire s'esquissait dans le paysage unique de ton visage. Je fondais, vaste étendue d'eau sur la chaise berçante et gros cœur de maman battant au milieu de ce chaos de sentiments entremêlés, tissés tantôt de joie, tantôt de frayeur devant la puissance de cet amour jamais ressenti pour quiconque. Penser que plus tard je t'entendrais rire de mes blagues pourtant banales devenait plus excitant que l'attente d'un rendez-vous amoureux… Et j'en ai eu ! Comme tu étais toujours serrée dans mes bras, encore petite et naissante, mon excitation pouvait être comparable à une dope de luxe ou une virée en montagnes russes ; les organes vitaux en apesanteur, le souffle coupé en pensant que notre histoire ne faisait que commencer.

Avant toi, il m'arrivait souvent de sortir, de m'étourdir, de m'amouracher, de tomber, de me détruire un peu, d'être parfois faite d'ingratitude. Voilà que je me retrouvais maintenant suspendue à tes gestes, accrochée à ton petit corps chaud, ivre de tes premiers babillements, juste désireuse de valser avec toi sur les notes de tes cris, voire de tes colères. Aucune autre envie que d'être avec toi, à la lueur d'une veilleuse en forme de coccinelle, symbiotique avec tes formes, observatrice, cajoleuse, emmailloteuse professionnelle. Ailleurs, le vide. Ailleurs, tu n'y es pas. C'est sur mes cuisses moins fines qu'avant que tu sommeillais dans un abandon déroutant, le cou si fin... si vulnérable... Dans ta chambre tapissée d'animaux de la savane, tout commençait à l'époque pour nous. Et je ne pouvais plus mourir... Je ne me serais même pas permis d'y penser un peu. Les mères doivent se battre et vivre, quoi qu'il en coûte. Elles accouchent dans la douleur, un mal dont personne ne parle pour ne pas nous effrayer sans doute, et elles deviennent ensuite imperméables à tout le reste, d'une résilience infaillible.

Mais voilà que les années passent. Quand on souligne tes anniversaires, je regrette chaque fois de ne pas être capable de t'offrir mes vœux comme le font les mamans des autres ; de t'acheter une carte à la pharmacie, une carte illustrée par une reproduction du Bal du moulin de la Galette de Renoir ou une photo en forme de cupcakes, d'y inscrire à l'intérieur, d'une calligraphie cursive impeccable : « Je t'aime, ma fille, comme tu es devenue grande tout à coup! xxx», et d'y glisser un billet de cent dollars, espérant qu'il serve à renflouer tes économies. Tu te jetterais dans mes bras, les yeux pétillants d'admiration à mon égard, tu demanderais à jouer une partie de Scrabble avec moi et nous aurions du plaisir toute la soirée en sirotant un verre de vin. Après deux bonnes gorgées, tu te sentirais un peu étourdie, puis nous éteindrions les lumières avant d'aller nous blottir l'une contre l'autre dans ton lit. Ça aurait pu se passer comme ça, Adèle, ça aurait pu.

Je suis persuadée que, dans les limbes, les enfants à naître choisissent leur mère. Même les ivrognes, les carencées affectives, les violentes et suicidaires trouvent preneur, va savoir pourquoi! Ça se passe si haut que les avions à bord desquels je monte n'y ont même pas accès. Et toi, tu m'as choisie. Je pense donc que tu as la force de vivre les aléas de mes déplacements outremer trop fréquents, mon parfum trop épicé à ton goût, mes cheveux trop frisés, trop foncés qui seront les tiens, mon maquillage trop voyant, mes crises trop fréquentes, mon rire trop fort. Tu es l'enfant qui a choisi de vivre dangereusement avec une « mère-trop ». De celles qui oublient d'éteindre leur téléphone cellulaire au cinéma, qui portent de grands chapeaux qu'on remarque et des talons hauts qui claquent fort sur le plancher des endroits publics. Et toi, ces femmes-là t'énervent. Tu

aimes te fondre dans la masse, passer inaperçue. Si
tu pouvais disparaître, ça t'arrangerait. Tu sais,
Adèle, je te comprends! Il m'est souvent arrivé d'es-
pérer qu'il n'y ait pas de retour à mes vols. Je rêve
parfois que je fais la grasse matinée en bord de mer
aux îles Canaries. C'est beau, là-bas. Et tu sais quoi,
le sable n'y est même pas blanc. Il est tout noir!

   J'aurais envie d'y être et de rebâtir, de me refaire
avec les nouveaux médicaments que le psychiatre
m'a donnés. Ça va me faire grossir un temps, mais
qu'importe. Je ne veux plus que ma famille souffre de
mes variations de l'humeur. Ton grand-père me l'a
fait vivre à moi aussi… Quand je serais enfin guérie,
je te contacterais, je t'enverrais un livre par la poste
avec une adresse derrière la couverture, et tu vien-
drais me rejoindre avec ton frère. Tu m'entends rire,
n'est-ce pas? Bien sûr que je fabule, mon Adèle.

   Une chose est sûre: un jour, on ne revient pas de
quelque part. D'une destination au soleil ou d'ailleurs. D'une bactérie mangeuse de chair, d'un cancer incurable, d'une peine d'amour, d'un Alzheimer
précoce, d'un accident de voiture… C'est si vite arrivé, un dérapage, quand on roule à grande vitesse
sur l'asphalte. Un écrasement d'avion peut aussi sur-
venir. Un jour, les gens ne rentrent plus au bercail,
laissant leurs proches dans l'attente du bruit familier
des clés qu'on lance sur le meuble du hall d'entrée.

Quand ils en ont assez d'attendre et de pleurer, ils se relèvent et continuent, un peu plus brisés, moins jeunes, avec la force des guerriers. Une arme de plus pour tirer dans la foule et faire son chemin sans foi ni loi.

Et quand ce sera à mon tour de ne jamais revenir, il y aura les autres pour t'accompagner. Tu as la solidité des grandes, ma fille, de celles qui marquent d'une pierre blanche leur époque. Oui, tu feras de grandes choses. Plus que moi. Je t'aime et je t'admire. Parfois, je me surprends à ressentir l'envie que ce soit moi, cet enfant à bercer, et que ce soit toi qui m'enlaces en me réconfortant. Une maman en talons hauts qui parle fort ne tombe pas devant ses enfants pour attendre d'être ramassée.

Écrire. Ça a toujours été le meilleur moyen pour communiquer entre nous. Les mots entrent en toi, effleurent ton cœur, te touchent plus tendrement que les timbres de voix qui t'agressent, t'incitent à t'isoler dans ta chambre depuis trop longtemps.

Adèle, j'aurais tant voulu rester. Si tu reçois ces mots des mains de mon bon Jipi, c'est que je ne suis plus là. J'espère que tu me pardonneras de m'être envolée. Une légende veut que lorsqu'elles sentent qu'elles sont sur le point de s'éteindre, les mamans renardes vont se cacher le plus loin qu'elles le peuvent dans les bois. Certaines savent très longtemps

d'avance où se situe cet endroit et avec quelles ma-
tières elles construiront d'une façon un peu factice
leur tombeau de maman renarde. Elles orchestrent si
bien leur fin qu'il s'avère très rare qu'on retrouve plus
tard leurs ossements. C'est de la magie, Adèle. Ses
petits acceptent, ne cherchent pas à comprendre.
C'est ainsi, il faut continuer, chasser, s'accoupler,
vieillir, mourir. Avant, comme un dernier hommage,
les renardeaux sortent de leur tanière et retournent
sur les lieux de leur naissance, vont trouver chaleur
et réconfort auprès de ceux qui ont connu leur maman. Les biologistes ignorent de quelle manière ils
communiquent, mais ils savent que c'est ainsi qu'ils
peuvent survivre sans se laisser mourir de faim.

J'aimerais que, après avoir lu cette lettre, tu
ouvres la porte de ta chambre et que tu penses fort à
mon sourire. Fort à un point tel que tu pourras me
voir et me sentir tout près. Ensuite, tu te précipiteras
pour trouver ton petit frère, tu le prendras dans tes
bras et tu lui feras la promesse de ne jamais le quitter. J'aimerais qu'ensemble, vous alliez entourer de vos
bras les êtres que vous aimez. Je voudrais que vous
continuiez de rire, j'aimerais que tu oses faire des
choses ridicules, que tu n'en fasses qu'à ta tête. Adèle,
sois forte. Ne m'en veux jamais de ne plus être.
Demain déjà, tu verras, l'air remplira tes poumons.
Ce sera bon, nouveau, si bénéfique. Le meilleur s'en

vient. Je suis encore là, accrochée à tes pas, dans l'ombre de tes gestes, disponible pour le jour où tu promèneras tes yeux sur l'horizon. Je suis là. Je te guette au détour de tes songes, prête à bondir pour te soulever quand tu tendras la main. Maintenant, il faut tourner la poignée de la porte de ta chambre, il faut mettre un pied devant l'autre et t'élever.

Ton frère et toi, guettez un signe de ma part. Attention, il faudra être attentifs aux détails. Mais d'abord, il faut sortir de ta chambre, baigner dans l'air chaque pore de ton visage. Je ne suis pas loin.

Je t'aime,
Maman xxx

Remerciements

Merci à Emily Brunton, Myriam Comtois, Sté-
phane Rivard, Francis Brisebois, Ophélie L. Brisebois,
Martin Balthazar, Martin Bélanger, Annie Goulet,
Stéphane Berthomet, David Drummond, Huguette
Lafontaine, Jacques Brisebois, le commandant
Antoine Lemay et les agentes de bord d'Air Transat,
India Desjardins, Martin Michaud, Pierre Sza-
lowski, Aline Apostolska, Raymond Bock, la famille
Larochelle, Geneviève Thibault, Benoit Roberge
et Patrick Leimgruber.

Table des matières